Pasquale Stiso's "True Story" and Other Works: A Critical Introduction and Bilingual Edition

Laura E. Ruberto and Pasquale Verdicchio, Editors

BORDIGHERA PRESS

NEW YORK, NEW YORK

Robert Viscusi Essay Series
Volume 4

This book series is dedicated to the long essay. It intends to publish those studies that are longer than the traditional journal-length essay and yet shorter than the traditional book-length manuscript.

ISBN 978-1-59954-183-9
Library of Congress Control Number: 2021945113

BORDIGHERA PRESS
John D. Calandra Italian American Institute
25 West 43rd Street, 17th Floor
New York, NY 10038

To Paolo Speranza, for his unwavering dedication,
and to all who have returned without ever leaving.

A Paolo Speranza, per la sua dedizione infaticabile
e a tutti coloro che sono tornati senza mai partire.

TABLE OF CONTENTS

Introduction

SOUTHERN MIGRATION AND THE CAUTIONARY
TALE OF PASQUALE STISO

Laura E. Ruberto

In her 1977 University of California-Berkeley dissertation *Andretta: An Emigrant Village*, Paola Sensi-
Isolani begins her anthropological study of the role of
emigration in a Southern Italian village with a four-
part poem by Pasquale Stiso. The poem, "Terra d'Alta
Irpinia," included here with Sensi-Isolani's original
translation, marks the acoustic environment of the sea-
sonal shifts that create both emptiness and bounty that
still today defines the landlocked area of Campania
known as Alta Irpinia.

The young anthropologist, already with a keen
sense of the significance of migration for understanding Italy's cultural trajectory, recognized how the village of Andretta (Avellino province), studied through
the movement of its people, could be understood as
representative of much of Southern Italy. Sensi-Isolani
observes how the village was isolated through under-
industrialized infrastructures and yet in other ways it
was quite global, in great part because the nature of
migration—with great numbers emigrating and many
returning—connected it to worlds far beyond its phys-
ical borders. From 1951 to 1975, the period she studied,
over 3,000 Andrettesi emigrated, making the population of Andretta fall almost fifty percent to a mere 2,700
in 1975. Her observations about the various ways migration was continually shaping village society and

culture (including its religious practices, family life, and political views) still resonates for a contemporary understanding of the region as well as of Andretta, today with a population of only 1,900.

Sensi-Isolani opened her study of migration culture in Andretta with Pasquale Stiso's poem. Paralleling the notion of a return migration of sorts, I use her research to introduce, especially to an English-reading audience, Stiso's story about a migrant's journey. In the text, published here for the first time in English, "Questa è una storia vera o forse no" ("This is a True Story, or Maybe Not"), Stiso narrates one man's attempt to emigrate from Southern Italy on a ship bound for New York City. We follow Michele, our protagonist, through his journey not only on the ship but also, importantly, beforehand, offering readers a view of the preparation and labor involved in migrating. He then comes to recognize too late that his hard work has been for naught as he realizes that he has never left the Bay of Naples at all. Narrating how Michele has been literally and figuratively taken for a ride, Stiso thus turns a migrant's story into a cautionary tale.

In presenting Stiso's poem "Terra d'Alta Irpinia," Sensi-Isolani offers a simple description, noting that Stiso was the "Communist mayor of Andretta 1952-1956" and that he died, tragically, by his own hand in 1968.[1] This book further introduces Stiso by offering critical commentaries on his life and work and how he engaged with certain concerns of the under-explored realities of Southern Italy. The elegant translation by Pasquale Verdicchio of Sisto's short story reveals the

---

[1] Stiso was born in 1923.

layers and longings, the processes and plans for journeys away from home and expresses the emotions and desires around migration, especially for those migrations that are never made.

A lawyer, a civil servant, and a political activist, Stiso was also a complex and prolific writer. Cutting across multiple genres and writing styles, he published as a journalist, a poet, and a fiction author. He was also Andretta's mayor for four years and a *consigliere provinciale* (an elected regional representative) from 1956 until 1961. As a member of the Italian Communist Party (PCI) he was deeply involved in leftist political discussions around the continued disenfranchisement of Italy's southern regions. His voice was especially active on the editorial pages of *Il Progresso Irpino* (the news organ of the PCI in Irpinia) where he laid down the challenges facing rural Irpinia especially in light of what is commonly referred to as Italy's "Economic Miracle," that era of 1958 until 1964 of national economic growth and stability that did not fruitfully impact much of the South.

Importantly, Stiso's story is set in the decades following World War II, and as such it gives light to the specificities of that era's migration paths. We know that in the three decades following the end of World War II, over seven million Italians emigrated, and while many would eventually return, hundreds of thousands permanently settled across the globe—in other parts of Italy and Europe, in the Americas, and Australia.[2] The stories

---

[2] For scholarship on this era of Italian migration see, for instance, Cornelisen 1981, Iacovetta 1993, Gabaccia 2000, Baldassar and Pesman 2006, and Ruberto and Sciorra 2017a and 2017b.

from this and subsequent waves of migration are often conflated with older narratives and histories of the Italian diaspora and yet this post-1945 movement has its own particularities. We should then see Stiso's account of Italian migration as representative of a historical moment and the characters' stories within it as part of the cultural models that help shape and determine the multiplicities of Italian ethnic identities.[3]

Stiso's story highlights the period of time after 1945 and before the "Economic Miracle" could have had much of an effect on Italy's poorest regions. At the same time the story recalls earlier waves of migration and the mythologizing that was built from those histories. The protagonist, Michele, whose nickname "New York" he drags around with him like a dead weight, has left and returned to Italy more than once, looking for stability in both Germany and Switzerland before trying for the gold mark, the United States. He represents generations of mobile Italians and reminds us that this mobility was rarely unidirectional and often involved multiple border crossings. Stiso places his story in the contemporary moment of the late 1950s and early 1960s and he pushes against any sentimentalism, even as he encourages his readers to look sympathetically to the plight of migrants. With our protagonist's attempt to arrive in New York City the narrative

---

[3] Joseph Sciorra and I place Stiso's story within a larger trajectory of post-1945 immigration suggesting such literary examples should be studied within an expanded understanding of the history of Italian migrations (i.e., "new understandings about identity and the literary arts might arise from close analyses that consider works from the perspective of Italian immigration since 1945," Ruberto and Sciorra, 2017b, 19). This book is a modest gesture to that call.

slides past nostalgia and sits squarely in the space of raw realism. Stiso details the visceral feelings around the needs of individuals facing the desire to leave, a longing for the unknown, and a quest for journeys started but never completed.

Michele's relationship to migration is understood in a confusing parallel conflict with his relationship to the land. The rhythm of the story plays with this juxtaposition in that both migration and the land offer him work but the successes of one never fully fulfil the successes of the other. The seasons, the land, and the unforgiving, never-ending toil of rural life impose themselves on Michele. His very soul seems marred by them, and he takes out his misery on his wife and children, illustrating a machismo he seems unable to shed. Stiso critiques violent masculine conventions in the manner in which he captures Michele's abusive domestic intimacy: "he took his pain out on his woman, and his children were beginning to fear him when they heard him shout" (15). And yet even the relationship with his wife and children is not defined only in this singular fashion. When he leaves them to begin his journey to the United States, it is the image of his "sleeping children … and crying wife" that he holds close (17).

Italian creative texts, consumer culture, and material expressions are full of references to one of the country's most successful and long-standing exports: its people. In fact, most anyone who has culled Italian literature and other arts for cultural signs of the country's histories of migration and who reads Stiso's story will no doubt be reminded of a more well-known narrative: Leonardo Sciascia's "Il lungo viaggio" ("The

Long Journey").[4] Sciascia's and Stiso's stories share strikingly similar plots whereby an innocent peasant is swindled into thinking he has paid his way to the United States on a ship only to take a long journey and return right back from the Italian port from where he left, yet this time even more broke and hopeless. Given that Stiso's "Questa è una storia vera o forse no" parallels Sciascia's more famous tale of a misdirected, hoodwinked migrant it might be easy to dismiss Stiso's work as a poor duplicate. And yet by all accounts, Stiso, the little-known Italian radical poet-activist from Andretta, published his story first.

Sciascia's short story first appeared on the pages of the Communist *L'Unità* on October 21,1962. Later it was republished various times, including when it was made more widely available in his 1973 collection *Il mare colore del vino*.[5] Stiso's story was also first published in 1962, in the January-February edition of the regional journal, *Il Foro Irpino*, published by the Ordine degli Avvocati della provincia di Avellino, an association of lawyers working within the province of Avellino. Given the minimal and specialized circulation of *Il Foro Irpino*, it is highly unlikely that Sciascia would have seen Stiso's story. On the other hand, we can assume, though, that given Stiso's politics he would have come across Sciascia's story eight months

---

[4] See Teresa Fiore (2006) for an analysis of Sciascia's story along with other cultural texts with overlapping themes (e.g., Gianni Amelio's *Lamerica*) and Alessandro Blasetti's 1972 television documentary, *Storie dell'emigrazione* (inspired by Sciascia's story).

[5] For a list of all the published versions of Sciascia's story see Paolo Squillaciotti (In Sciascia 2012, 1866). I thank Joseph Francese for bringing this source to my attention.

later when it appeared in *L'Unità*. That these two stories share such an affinity should come as no surprise
to anyone familiar with the economic state of Southern
Italy and the vast, under-educated populations who
continued to live there even as thousands left. Paolo
Speranza (in the Italian volume, *Questa è una storia vera
o forse no: Il "sogno rubato" di un migrante italiano*) first
noted the overlap between Sciascia's and Stiso's pieces,
explaining the connection this way:

> Leonardo Sciascia and Pasquale Stiso did not need to
> know each other or to share relevant information about
> the details of their respective short stories: for both of
> them the profound knowledge of a phenomenon, that
> of emigration, was more than sufficient; that phenom-
> enon which for decades was endemic both in Sicily and
> in Irpinia, and which was more than a font of narrative
> inspiration and in particular a common chronicle of
> tricked emigrants or of fake "voyages of hope" that one
> could still read about in the 1950s, mainly in the left-
> leaning press (the cultural-political reference point for
> both authors). (2013, 12, my translation)

The historical record certainly supports the idea that
desperate men and women might have been taken ad-
vantage of in different ways while trying to immigrate.
Early twentieth century migrants would sometimes be
encouraged to sign up for what they were told were free
voyages not realizing that when they arrived at their
destination (in Argentina, Brazil, the United States, etc.)
they were already deeply in debt and forced to work for
low wages to pay off their trip (see Martellini 2001, 296).
Such arrangements continued throughout the twentieth
century; for instance, Sensi-Isolani observes that "in the

late fifties there was a clandestine ring operating between Andretta and Venezuela" that was built off a false promise of a work contract once men arrived but "the jobs never came through" (1997, 30). In a brief interview with Sciascia, included in Alessandro Blasetti's *Storie dell'emigrazione*, a 1972 telefilm adaptation of Sciascia's story, the writer explains the commonality of news stories about tricked migrants similar to those in his "Il lungo viaggio". In other words, the details recounted by both Sciascia and Stiso were simply part of the realities of migrant communities and thus part of the fabric of Southern Italian lives.

The cautionary story Stiso weaves suggests that migration is not necessarily the best option for rural peasants, not the best answer to what is collectively referred to as the "Southern Question" — the on-going economic and political struggles of Southern Italy, in great part shaped by the hegemony of the North. Certainly his position is in harmony with the earlier writings of Antonio Gramsci and echoes Gramsci's concerns with, as Pasquale Verdicchio has noted, "the role of the population of the Italian South and the Islands within the Italian State" (Verdicchio 1997, 92).[6] Stiso's perspective on migration and the South was further reinforced in other cultural work with which he was involved. After the 1962 publication of his short story, it was adapted by screenwriters Silvio Siano and Sabatino Ciuffini for the film *La donnaccia* (directed by Siano, 1965), starring the

---

[6] See Verdicchio's *Bound by Distance* (1996; 2016) for deeper engagement with the "Southern Question" and emigration. See also Vito Teti's *Pietre di pane* (2011; English translation, 2018) for an anthropological study which considers the positionality of the South in recounting a Calabrian village's stories of migration to/from Canada.

Italian-French actor, Dominique Boschero. This little-known film intertwines a series of events about every-day life in a Southern Italian village in the 1960s, including an exorcism of an epileptic young woman, courtship and marriage rituals, and the shame that sometimes came with migrants who returned home unsuccess-fully.[7] The film was shot in 1963 on location in Cairano (Avellino province), an even smaller village nearby Stiso's hometown, one that had also been similarly dec-imated by emigration.[8] The film centralizes the senti-ments of desire around migration and the emotions of marginalized voices within mid-twentieth century Southern Italy.

In 1957, a few years before Stiso's story was pub-lished and only some twenty miles away in another area of Irpinia, Italian American Frank Cancian, a twenty-two-year-old student on a Fulbright award, spent time in the town of Lacedonia (Avellino province). There Cancian captured the town's quotidian routines and ex-pressive cultures through still photography and words, pre-dating his later work as an ethnographic photogra-pher and cultural anthropologist. His photographs con-struct a visual history of a less-documented people, those who were left behind by emigration or those who had perhaps returned from some migrant's journey. Cancian's photographs share an open and fluid quality. They are historical markers of a dynamic landscape and a shifting collective imaginary. Looking at them we are encouraged to ask questions about the layers of living

---

[7] See Speranza, 2003, for more on *La donnaccia*.

[8] See Leonilde Frieri Ruberto's memoir *Such Is Life/ Ma la vita è fatta così* (2010) for the role emigration played in Cairano, especially in the dec-ades after 1945.

suggested by each glance and shadow.

Cancian's photographs are not typical idyllic snapshots of a quaint Italian peasant culture but a kind of visual map of a community, one that is not unlike the spaces and people captured in Stiso's literary depiction. Stiso's short story conjures visual images, a suggestive tableau reminding us of some of the ways the standard Italian immigrant struggle-and-success narrative is an incomplete story. Dreaming and dreams are central in his story—the dream of a better future from migrating, the journey itself as a dream, the foreboding bad dream that the protagonist senses, and the unfathomable reality that he ultimately survives in, as though in a dream. The character of Michele/New York asks us to consider those who returned and those who never permanently left Italy, those whose challenges and achievements as migrants have not been fully considered because they are not easily visible and rarely recalled. Pasquale Stiso's story offers us insight and helps us further unpack the still-evolving history of the Italian diaspora.

WORKS CITED

Baldassar, Loretta and Ros Pesman. 2006. *From Paesani to Global Italians: Veneto Migrants in Western Australia*. Perth: University of Western Australia.

Cancian, Frank, 2013. *Lacedonia: Un paese italiano, 1957/An Italian Town, 1957*. Grottaminarda: Delta 3.

Cornelisen, Ann. 1981. *Strangers and Pilgrims: The Last Italian Migration*. New York: McGraw Hill.

Fiore, Teresa. 2006. "Lunghi viaggi verso 'Lamerica' a casa: Straniamento e identità nelle storie di migrazione italiana," *Annali D'Italianistica*, 24, 87-106.

Gabaccia, Donna R. 2000. *Italy's Many Diasporas*. Seattle: University of Washington Press.

Iacovetta, Franca. 1993. *Such Hardworking People: Italian Immigrants in Postwar Toronto*. Montreal: McGill-Queen's University Press.

Martellini, Amoreno. 2001. "Il commercio dell'emigrazione: intermediari e agenti," In *Storia dell'emigrazione Italiana: Partenze*. Piero Bevilacqua, Andreina De Clementi, and Emilio Franzina, eds. Roma: Donzelli, 293-308.

Ruberto, Laura E. and Joseph Sciorra, Eds. 2017a. *New Italian Migrations to the United States, Vol. 1: Politics and History since 1945*, Chicago: University of Illinois Press.

_____. 2017b. *New Italian Migrations to the United States, Vol. 2: Art and Culture since 1945*, Chicago: University of Illinois Press.

Ruberto, Leonilde Frieri. 2010. *Such Is Life/ Ma la vita è fatta così: An Italian American Woman's Memoir*. Translated by Laura E. Ruberto. New York: Bordighera Press.

Sciascia, Leonardo. 1974. *Il mare colore del vino*. Torino: Einaudi 1974.

_____. 2012. *Opere, Volume I: Narrativa, teatro, poesia*. Paolo Squillacioti, Ed. Milano: Adelphi.

Sensi-Isolani, Paola. 1977. *Andretta: An Emigrant Village*. Dissertation, Department of Anthropology, University of California, Berkeley.

Siano, Silvio, director. 1963. *La donnaccia*.

Speranza, Paolo. 2003. *Un'avventura neorealista: Il film La donnaccia a Cairano*. Atripalda, Italy: Mephite Press.

_____. 2013. *Questa è una storia vera o forse no: Il "sogno rubato" di un migrante Italiano*, Atripalda, Italy: Mephite Press.

_____. 2018. *Il poeta ritrovato. Il Sud universale di Pasquale Stiso tra impegno politico e letteratura*, Atripalda, Italy: Mephite Press.

Stiso, Pasquale. 2013 (1963). "Questa è una storia vera o forse no." In *Questa è una storia vera o forse no: Il "sogno rubato" di un migrante Italiano*, Paolo Speranza, ed. Atripalda, Italy: Mephite Press. 21-38.

_____. 2019. *La terra che amiamo. Tutti gli scritti e un dramma inedito*. Preface by Teresa Stiso. Avellino, Italy: CinemaSud Press

Teti, Vito. 2011. *Pietre di pane: Un'antropologia del restare*. Macerata, Italy: Quodlibet.

_____. 2018. *Stones into Bread*. Translated by Francesco Loriggio and Damiano Pietropaolo. Toronto: Guernica Press.

Verdicchio, Pasquale. 1997. *Bound by Distance: Rethinking Nationalism Through the Italian Diaspora*. Madison, NJ: Dickinson University Press; New edition. New York: Bordighera Press, 2016.

THIS IS A TRUE STORY, OR MAYBE NOT

By Pasquale Stiso

Translation by Pasquale Verdicchio

Now, when he walked around town, the children would yell after him from the street corners: "New York, New York."

At first those sing song and naively naughty voices filled his ears and made his blood boil.

He would turn around and stare at them with sullen, blood-red eyes while bending down to pick up rocks that he would then furiously throw in their direction.

Seeing that, the children would run off as their cheerful voices spread through the streets that "New York, New York" accompanied by the sound of shoes on the cobblestones.

Over time, he had gotten used to that voice and now the children no longer feared him. In fact, when they saw him they would smile like they might at an old friend, and they would even allow him to pat their heads. Children are children and they do not know, cannot know, how much pain a simple word might cause when it suddenly reopens a wound that has yet to heal.

New York almost always walked with his head down; his eyes had lost all vitality and his body, once tall and strong, had become curved like an old man's. He always walked the same streets, and when the last homes of the town were out of sight he would sit on the edge of a small bridge and look out to the distant valley. As his eyes suddenly filled with light, the sight of a small field sprung up before him; at times it swayed with unripe wheat stocks, at other times washed over by the golden ears of grain and, at other times, with the waves of the slender poplars in the springtime wind. In a not-so-distant time, he had planted those trees himself. Now they had grown to cover the small house with green, as time had discolored its lime-white walls.

Yes, because some years back that field had been his, New York's. That was not his name back then, he had his own name: Michele. He had been young and strong, and sadness had yet to fall upon his lips and extinguish his smile.

That field had cost him an immense amount of work. He had been a cowhand for the cattlemen; he had broken stones with the sledge hammer along the railways; he had harvested the fields day and night, without pause; he had emigrated to Switzerland and Germany, he had hardly known any rest, sustaining himself by his will when his back seemed to give in under the weight of inhuman work.

The day when Michele first opened the door of his little home, he had felt proud as if he was entering some magnificent castle. That night, however, he had not been able to sleep on his new bed. His heart seemed to almost pound out of his chest from happiness and fill the room until it almost smothered him. Without waking his wife, he had gotten up and walked out to the yard. It was a sweet August night; innumerable stars shone in the sky, and the crickets launched their hundreds of *cri cri* up from the dry grass into the tepid silence. He had lain upon the straw of the recently cut wheat, and had contemplated long the blue cupola of the distant sky with his eyes until his heart had settled.

He had stayed like that until dawn, fantasizing with a happy mind.

When the sun had slightly risen in the sky, staining the blue with pink and shedding a golden light upon the hilltops, he had stood up; he then called to his wife and started his caring work on his land. Days followed days and Michele was there, under the sun and the rain, in his field digging canals, planting trees and grapevines, opening up fallow land, spreading seed and harvesting, beating his shining hoe on the drought hard earth. With the long passage of days, Michele's enthusiasm had waned. He fed his land with love but she continued to remain his enemy.

In June the wheat was high and well fed, but the July heat dried it up and the ears became light and empty. In spring, the trees burst with white flowers for cherries, pinkish those of peaches, and whitish pink the apples, but the first June frost sucked their sap, and they fell to the ground like so many dead butterflies.

The disappointment that grew in him made him irritable, and his once happy home became sad; he took his pain out on his woman, and his children were beginning to fear him when they heard him shout. That's when he started to hate the land that had been the dream of his youth. He decided to get over it, to leave forever for a foreign but more fortunate land, where he might restart a better life for himself and that of his children.

At around the end of November his friends began to leave for Switzerland, from where they would return in spring with a small amount of savings after their sacrifices and privations. Michele did not want to go back to Switzerland. Why should he save more money, and buy more land if it then continued to be a stranger like a step-mother?

Yes, he had decided to emigrate, but forever, beyond the ocean, to America. There, in that different and rich world where work was compensated with the comforts and security of the future. He had been thinking of this when by chance he met a rather strange fellow.

A native of the town who had left it many years before, the stranger had a corrupt local woman spread the word that he could secretly transport people to North America. Michele heard this news one July night while in the piazza, where he had gone to hire some workers for the harvest. At first, he paid no attention to what he heard, but then, as more and more people confirmed the rumor, he did not hesitate in thinking that maybe the right time had come for him.

Instead of going back home that evening, he decided to go directly to the woman for more information, whom he actually knew quite well from his youth, before being married.

When the woman saw him come in, thinking that he had stopped by to rekindle their old friendship, she greeted him warmly. However, as soon as she came to know the real reason of his visit, she quickly closed the door and with a very mysterious air proceeded to explain the procedure. It was possible to emigrate to America but, given the number of people involved for it all to go well, it took a lot of money. In any case, she would speak with the trip's organizer, and with him come to an agreement on the cost.

Approximately a week later, at night, when Michele had already been in bed for a while, the woman personally went to call on him at his house. When he heard that the man who could help him emigrate had arrived, he jumped out of bed, quickly got dressed, and took the uphill road for the village with the woman. The man who had been waiting for them, greeted him cordially and talking to him as if to a long-time friend.

His friendliness, and the manner in which he pronounced his words, heartened Michele who then listened and felt more at ease. The man was still young, he dressed like a real gentleman, and spoke at length. He explained the whole thing to Michele, and finally asked him for a million *lire* to be paid half at the beginning of the voyage, and the other half at their arrival in New York.

The quantity of the request threw Michele off, but since the man would not lower it by even a *lira*, he was forced to accept it.

In the fifteen days that separated him from the departure, despite opposition from his wife, who was frightened by the fact that they were depriving themselves of all that they owned, Michele sold the house and the land, as well as a couple of heifers that they had reared for a while. When he had collected all the money, he left.

On that day, he got up bright and early, kissed the still sleeping children in their beds, embraced his crying wife, and took the road for the railway station. It was now August; the grain had been harvested and the stubble shone in the first light of day.

He walked quickly while his heart was burdened by a great sadness that not even the thought of his new, coveted life that awaited him was able to lessen. He imagined his sleeping children and his wife in tears and, as if in a painful foreboding, the whole thing seemed to him to be a dream, a beautiful dream, from which he would soon awake.

His dark thoughts left him during the train ride, and by the time he had reached Naples he felt happy and was full of enthusiasm. Everything was going to turn out well; he had the money with him, and he knew that money opened all doors, even those inaccessible to the poor.

He spotted his man waiting for him at the front of the station. This simple, and after-all banal fact, because it had been previously organized, he took to be a positive sign and he walked toward the man smiling.

The man had a car, which they entered right away. While the other one drove, Michele gazed out at the great city he had not previously known through his open window. It was like an enchanted city, with its splendid shop windows, its buildings, its piazzas, the innumerable automobiles darting fast and lightly along the smooth and clean streets.

And he did not know the port or the sea either, the great blue sea lost in the sunlight, slightly moved by a soft breeze that made some white sails sway on the water. There were a number of large ships in port, and some other small ones; hundreds of people walked along the pier talking, calling, climbing up and down the various footbridges tied to the dock.

When Michele got out of the car, his head buzzed like after a full day of harvesting under the sun. His eyes came to rest on so many things that, as a result of their quick movement, he was unable to fully define. He would have liked to have asked, to know, but he just could not pronounce the words. And so, he settled on following the other man who moved silently and confidently.

Everything happened as if in a dream.

He went aboard a ship, followed some stairs downwards, crossed a hall filled with tables and leather chairs, he went down another set of stairs, he walked along a dark hallway and went into a sleeping room illuminated by a porthole. The man who had accompanied him, and another man in shirt sleeves, entered along with him.

The first man sat on the bed while the other one stood beside Michele. "In a while you'll have left" said the standing man "and so you too will have made it."

"You can pay the first portion now" the sitting man added, "I promised to get you on the ship, and here you are." As he said this, the man stood up. It was quite tight with three men in that small space. With a friendly smile, the man slapped Michele's back as he had the first time.

Michele did not reply, he did not know what to say; he unbuttoned his vest, opened his shirt, and pulled out a fabric bag where he had placed the money. The man who had accompanied him took the money out of his hands, with a swift and smooth movement that could have been a caress, and quickly counted it. "Good" he said, "when you arrive, you'll give him the other half; from now on he will take care of you."

Without a handshake, and without adding another word, the man left followed by the man in shirtsleeves, who carefully closed the door behind him. Michele was left alone; it did not seem real to him that he was finally on board and headed toward the land that had been promised.

He looked out the porthole and beyond, through the thick glass. But his eyes could only make out the white side of another ship. He sat on the bed and anxiously and happily awaited his unexpected and marvelous adventure.

Suddenly, his ship seemed to move, and he jumped to his feet to again look out through the porthole.

It had in fact moved, and this time his eyes saw the sea, the bright sky, and not so far off a strip of land that slowly ended in a point in the sea.

His voyage had begun.

The day passed, night arrived, other days and other nights and Michele was there in his sleeping cubby, with his eyes glued to the porthole, lost in that blue expanse of water, in the great and infinite sky, shining with sunlight during the day, dotted with distant stars during the brief nights of August. The ship stopped two or three times at different ports, where other ships were moored and the same sounds as in the port of departure could be heard. Once the ship stopped during the night, and Michele caught a glimpse of the city illuminated by white and multicolored lights.

He would ask the man who brought him something to eat the name of the cities he spotted through the porthole, and the man answered pronouncing strange names that Michele could hardly pronounce or remember.

One evening, when darkness had already fallen over the sea, the man came to tell him that the voyage had come to an end. In a half-hour at the most, he would be landing in New York.

Michele had been ready for this news, but when he heard those words he could not keep his heart from pounding in his chest.

He had arrived; the night would pass in a flash and daytime arrive, and with the new day his hopes would finally become a reality.

Before Michele left his sleeping room that had been his whole world for seven days, the man handed him a piece of paper. "Here," he said "you can ask someone about the street that's written down, when you've landed and the person meeting you will help you get settled to start with." Having said this, he read the few words on the note, written in an Italianized English, and then stepped out signaling to Michele to follow. They crossed the same rooms and hallways they had followed on the way in, and after a while were on deck. Closing in on the port, the ship had slowed down. Dozens of people already milled about on deck, waiting to disembark with their things and baggage.

Michele did not look at those people; he gazed at the bright lights of the city. It looked like a luminous machine in the dark of the evening. He was charmed by the unwonted vision of beauty when the man whispered: "come, you can't get off with the others."

Without saying a word, Michele followed him; he found himself unable to think, while his heart pounded with happiness. He and the man went down some steps, crossed some other rooms, and reached the stern of the ship. "A boat" the man said, "will take you ashore somewhere not too far from here; there are customs checks at the port that would end the whole thing; here comes the boat."

Michele looked down and noticed a small rowboat silently approaching the ship. When the ship had come to a stop along the dock, the boat reached it and stopped as well. "Soon you will be on dry land," the man said, "now you can give me the other half of the money. We've kept our side of the bargain." Michele had the money ready in his pocket, pulled it out and handed it to the man. "And thank you" he said, "thank you for what you've done for me; if you give me your name I will send you a gift as soon as I am able." And in saying this, he grabbed the man's hand to shake it, while his eyes filled with tears. The man, pulled his hand out of Michele's grip and, as if he had not heard what had been said, he said that they must hurry so as not to attract attention. Michele did not insist and, grabbing a nearby rope, lowered himself into the small boat.

Frightened by the boat's movement, he quickly sat down; he then greeted the oarsman with a smile, but the other did not reply.

And so, he did not add a word and sat waiting, looking down at the dark water of the sea that opened up in a slight trail of foam under the weight of the little boat. After about fifteen minutes the boat came to a stop by a stone reef that followed the shore. This time too, the oarsman did not say a word as he motioned to Michele to get out. As soon as Michele had alighted on the rocks, the man pulled back and away; soon, the boat was but a dark dot in the dark sea and sky.

Michele stood there, alone on the rocks as the water that splashed up and foamed left him stunned; his legs had become heavy and he was afraid to take a step lest he fall into the dark water. He cautiously sat down and felt more secure. The man on the ship had told him to wait a time before venturing out on the street. As it got darker it would be easier to avoid the police who might have otherwise stopped him. And so, Michele waited: he remained sitting, almost immobile, and smoked cigarette after cigarette in order to pass the time, even if for some reason he found the smoke disgusting.

Meanwhile, on shore, the sound of cars diminished, as did the sound of voices of people strolling. This means, Michele thought, that I can go up now; he looked at his watch in the light of his cigarette and saw that it was a bit past midnight. He stood, feeling more secure on his feet, and moved. Crouching over the rocks, he made his way to the road. His heart stopped in his chest for a moment, and then continued to beat like the clapper of a festive bell.

He was finally on land, he was in New York.

The city stood before him. Even though not all the lights were on, it was a marvelous sight. It was immense and seemed to lose itself in the star-studded sky. He had come happily to stay forever, in the city of his future and that of his children.

He thought of them, he thought of his wife who, not having news of him, must be worried, and as he did a wave of emotion and love rose from within to flood him with warmth and strength. For them, for his most dear ones, he would fight and win. Overtaken by the strength of these emotions he felt stronger and more confident than ever. He straightened up, wrapped his hand around his small suitcase, and with a sure step he moved to meet his destiny.

And his destiny was right there waiting, motionless at the threshold, with its sphynx-like face.

Michele had been walking for a few minutes along the shore road; silent cars and the odd night bus passed by him every now and then, their headlights reflecting on the water and shivering on the crest of the small waves.

He had even seen some people, mostly in groups of more than one, making him fearful of approaching them.

Then he spotted a man ahead bent over the railing, looking intently down at the sea. He slowed down and when he had reached him Michele stopped; the man turned his head to look and stood up straight.

"Plise," said Michele "dire ... striit ... ."

As he pronounced those few words he had learned more or less on the ship, he pulled the note with the address from his pocket and passed it to the man. The other took the note and looked at it.

"Io," he said after a while, "no know English, me Italian," and passed the note back to Michele, whose head was now bursting with joy. What luck, the first person he met was Italian.

"Me too, I too am Italian" he answered; "I just landed this evening and have to go to this address. Can you help me, I don't know anyone in New York."

Hearing this, the man straightened up, eyes wide open and took a step backwards as if he had seen a ghost.

Michele looked back at him, surprised. He hadn't said anything that might have offended him to cause the man to look at him like that.

"I am alone" he repeated; "please help me find this address."

The man took one more step back and said almost in a whisper: "but this isn't New York, you're in Naples."

Naples! That word went off in Michele's brain like a rifle-shot in a valley; at first it was a straight shot, but then the echo dilated and became the sound of thunder.

"Naples" he said with a voice that barely left his dry throat, tightening in a mortal knot: "but they let me off the ship in New York."

He approached the man, the reality of it was now becoming clear in his head like a crystal mirror, and, dropping his suitcase on the ground, he suddenly grabbed the other's arms. "It's New York" he screamed, "they betrayed me, those assassins."

The blood drained from all his veins into his heart and he was overcome. He squeezed the man's arms even more strongly and then, blind with rage, shoved him away.

And again, shouting like a poor wounded animal, he repeated "assassins." He began running along the seaside road; struggling under the imposing weight of his pain and rending shouts of "It's New York, it's New York" he became lost in the sky bright with stars and on the sea that whispered softly like a song…

Epilogue

THE STORY OF THE SOUTH IS A TRUE STORY

By Pasquale Verdicchio

I became aware of Pasquale Stiso only a few years
ago. Even in my constant search for voices obscured
by the long shadow of the so-called national culture, I
had not happened upon Stiso. Until, that is, that thanks
to Paolo Speranza, the catalogue of the film *La donnaccia* (1963) was brought to me, in San Diego, by our mu-
tual friend Laura Ruberto. A "companion book" by the
same author accompanied the catalogue. The small
volume, edited by Speranza, contained the short story,
"Questa è una storia vera, o forse no" (included herein
as "This is a True Story, or Maybe Not), on which *La
donnaccia*, directed by Silvio Siano was based.

The film and the story shed light on some of the
fundamental elements at the origin of the Italian mi-
gratory flows of that period. The promises, the hopes,
the disappointments, as well as the exploitation that
too often affects the struggles and attempts to overcome the impositions of forces and situations external
to the lived realities. The task of authors such as Stiso
is to extend, and go beyond the conventions assigned
to those historical moments, and to reveal the contra-
dictions, metaphorical representations, and icons that
promote prejudicial concepts of hegemonic cultures.
Almost without thinking, and most likely as a result of
a certain correspondence of thoughts regarding those
years, close to my own experience of emigration to
North America, I found myself translating the short

story. In addition to this, there are other important and timely correspondences with poets and writers of that period, in particular the Apulian writer Vittorio Bodini, and in the resemblance "This is a True Story…" has to the better-known Leonardo Sciascia short story, "Il lungo viaggio" ("The Long Journey").

In this regard, it is also useful to remember that, in recently expired 1950s, authors such as Anna Maria Ortese, Rocco Scotellaro, cultural anthropologist Ernesto De Martino, filmmakers Luigi Di Gianni and Vittorio De Seta, were eager to give recognition to a panorama of traditions, customs, and populations pushed more and more to the margins of a society that, in taking the path of modernization, had begun to lose sight of the totality of cultural formations that had given it shape. In particular, De Seta's series of short documentary films, restored by the Cineteca di Bologna in 2008, and released under the title *Il mondo perduto* (The Lost World), offers today a great opportunity to re-know (or re-watch, as Franco Cassano might say) a world that we still carry within ourselves. Perhaps in ways not apparent to us today, those films suggest a sort of genetic memory that persists in our ways of doing, cooking, moving, communicating, and living together. *Parabola d'oro* (Golden Parable), *Contadini del mare* (Peasants of the Sea), *Pastori di Orgosolo* (Shepherds of Orgosolo), and *Isola di fuoco* (Island of Fire), which won Best Documentary at the 1955 Cannes Film Festival, are some of the titles reminiscent of that "lost world."

During those same years, the cultural anthropologist Ernesto De Martino, carried out a series of studies and documentations in Southern Italy, that parallel De Seta's cinematographic work. De Martino turned his gaze to the various spiritual or religious popular traditions of the South as a way in which to find a manner of relating to an ancient world that modernity interprets as only archaic and primitive. Such an interpretation resulted in the dissemination of a view of that world that, to quote Antonio Gramsci, represents an

> ideology [that] has been disseminated in innumerable ways by the propagandists of the bourgeoisie among the masses of the North: the South is the ball and chain that prevents a more rapid progress in the civil development of Italy; Southerners are biologically inferior beings, either semi-barbarians or out and out barbarians by natural destiny; if the South is underdeveloped it is not the fault of the capitalist system, or any other historical cause, but of the nature that has made Southerners lazy, incapable, criminal and barbaric. This harsh fate has been only slightly tempered with the purely individual explosion of a few great geniuses, like isolated palms in an arid and sterile desert. (Gramsci, 20)

One might consider these views to be antiquated, part of a now past and out-of-touch ideology, the vestiges of a country now distant in time. Such an interpretation, however, would have to disregard the presence and activities of political entities like the Northern League, the most obvious residue of these ideas, or the use of similar expression regarding the South made by the journalist Giorgio Bocca in his book *Gli italiani sono razzisti?* (Are Italians Racist?) from 1988, and by the League's old leader Umberto Bossi several times, in speeches and interviews. Apparently, everyone "knows" the South, even those who have never been there. And it is not wholly unusual, therefore, that even those who were born and have lived there ask questions like: what is the South, or how one might live the South, or how to get to know it beyond the various opinions and solutions, proposals and programming that frequently come from external situations.

While Southerners are often accused of being lazy, Naples is a beehive of underground labor and production. Rereading some pages from Roberto Saviano's *Gomorra* (2006), a number of examples of the distance and alienation between labor and product in the South are unveiled. In part, these go to illustrate some other forgotten aspects of Southern culture:

> On television, Angelina Jolie walks the red carpet on the night of the Oscars, wearing a beautiful white satin dress. One of those commissioned dresses, that Italian stylists offer stars like her. Pasquale had sewn that dress in a black-market workshop of Arzano. All they had told him was "this is going to America." [...] On the night of the Oscars, Angelina Jolie was wearing a dress made in Arzano, by Pasquale. The maximum and the minimum. Millions of dollars, and six-hundred euro per month. When all that is possible has been done, when talent, skill, mastery, dedication, all come together in actions, in a practice, when all this does not change a thing, that's when one feels like laying down on their stomach on nothingness, in nothingness. Slowly disappear, let the minutes flow over, and sink into one's self as if they were quicksand. Quit doing everything. And just carry on, carry on breathing. Nothing more. Since nothing can change this situation. Not even a dress made for Angelina Jolie, and worn at the Oscars.

Pasquale left the house, and did not even bother to close the door. Luisa knew where he was headed. She knew that he would go to Secondigliano, and she knew who he was going to meet. Then she threw herself on the sofa, and sunk her face in a pillow like a child. I don't know why, but when Luisa started to cry, it brought to mind some verses by Vittorio Bodini. A poem about how Southern peasants avoided the draft, so as not to fill the trenches of the First World War, in order not to fight in defense of borders whose existence they ignored. These verses:

> During the other war, farmers and smugglers
> put Xanti-Yaca leaves under their armpits
> in order to fall ill.
> Their artificial fevers, presumed to be malaria
> their trembling and chattering teeth,
> expressed their opinion
> of governments and history.

Luisa's tears seemed to me to be a judgment of the government and history. Not an outlet. Not a displeasure for unexpressed satisfaction. It seemed to me an amended chapter of Marx's *Capital*, a paragraph of Adam Smith's *The Wealth of Nations*, a paragraph of John Maynard Keynes's *A General Theory of Employment*, a note from Max Weber's *The Protestant Ethic and the Spirit of Capitalism*. A page added or subtracted. One that someone forgot to write, or perhaps written continuously but not in the space of a page. (Saviano, 31)

This passage from Roberto Saviano's book, is something between realist representation, sociological observation, and philosophical treatise. It circumscribes most of the frustrations, abilities, and silences that have historically defined much of the condition of the Italian South quite accurately. Among other reasons related to the subject matter of this essay, I quote it here for its reference to the Apulian writer Vittorio Bodini. Considered to be only a minor voice, Bodini proposes literary innovations that the canon cannot, or chooses not, to support, for the reason that, like all of those who work at the margins of an hegemonic culture, they give voice to a cultural diversity that negates Southern Italian inferiority and the stereotypes that define it. And Bodini came to mind when I re-read Pasquale Stiso's poetry, another "minor" voice whose work has shaped this essay and this volume. Bodini's and Stiso's compositions, their various writings, orbit around the missed opportunities of many to know and appreciate the realities their writings represent. Where Bodini opens his first book, *La luna dei Borboni* (1962), with "You do not know the South, / its lime houses / from which we emerged as numbers in the sun / like from the face of dice," Stiso remembers the women of his land with "The women of my land / you do not know them" (2013, 24, my translation). From these verses, there emerges a South that became an important subject for others in that post-war period, from Salvatore Quasimodo to Leonardo Sinisgalli, to Alfonso Gatto, to narrators such as Carlo Levi, Francesco Jovine, and Rocco Scotellaro. The South, a question that required renewed attention after the twenty-year fascist neglect that interrupted the dialogue on the writings of Guido Dorso, Gaetano Salvemini, and the easy formulas proposed by the young Turin communists, to which Antonio Gramsci replied with his essay, "La questione meridionale" ("The Southern Question") first published in 1926.

While these had a most definite impact in re-proposing issues related to the South in the immediate post-war period, their gaze, while looking towards a national horizon, nevertheless remains fixed on their various regions. Despite contemplating a broad reality that considers the totality of the South, to speak of Bodini and Stiso's South means to specifically address the complex and contradictory relationship of the two poets with their land. For Bodini, it is a region that the poet considers "so unwelcoming that it requires one's love" ("The Moon of the Bourbons"), while Stiso's region of Irpinia represents a precise historical and geographical reality, "a stranger / like a stepmother / [...] / your children / do not love you / they flee from you / go away / to a hundred other countries / in search of that bread / you have denied. / [...] / And sometimes / it happens / that you change before my eyes / no longer arid / barren / cursed / but full of cherry trees / apple trees in bloom / vineyards / and turgid wheat / songs / and happiness" as he describes in his "Terra d'Alta Irpinia" (Stiso, 2019, 37, my translation).

For Stiso, Irpinia generates a range of emotions, suffering, possibilities, and failures, but nevertheless, also hope. While he perceives the women of his town as having hard faces and bitter mouths, "there is also a day / when they smile / [...] / when all the wheat is harvested / and men / sing / in the evening" (2013, 37, my translation). In the poem "Terra d'Alta Irpinia," although the harvesters do not sing, and his children do not love him, "and flee away [...] / to a hundred different countries / in search of bread / which you deny," the poet's dream of a different future dominates the remaining verses:

And sometimes
it happens
that you change before my eyes
no longer arid
barren
cursed
but full of cherry trees
apple trees in bloom
vineyards
and thick wheat
songs
and happiness.
Oh! my land
my land
Alta Irpinia
tell me that
I am not deceived
and that this
is your future.
       (2013, 37, my translation)

The longing for a different future, one that could solve the various issues that disturb existence, is more than obvious in the verses of "Ora possiamo morire" (Now we can die.) This composition almost provides a resolution with "Now we can die / since we have learned to live," which recognizes in the effort, and in the sweat that wets the earth, the possibility of independence and autonomy:

And now we have learned to live
the land can be ours
because it is fertile from our sweat
and that is the greater truth

that we now know.

(Stiso 2019, 22; my translation)

Where does this air of liberation come from? Perhaps it is an air breathed elsewhere, accompanied by the possibilities that the external world offers, that another world is possible or, in the words of Arundathi Roy, "another world is not only possible, she's on her way. On a quiet day, I can hear her breathing" (2003, n.p.). Yes, a female world, as Stiso often identifies his land with its women. Not a stepmother, not a harlot, not with a hard face, but like the land of Alta Irpinia, a world that does not deceive, and like the face of Sibilla Aleramo, [it]

> lives for us
> to pass on to the ferment
> of your strength and fervor
> oh great mother of love and hope
> and for being the first
> on the day in which the workers of the world
> free and unfurling their flags in the wind
> will sing their hymn of victory
>
> (in Speranza 2019, 63; my translation).

In the person and facial contours of Aleramo, Stiso identifies an alternative space to fill the void of the South to contrast the fullness of modernism, industrialization, and excess. On the other hand, this emptiness has also meant that much of Southern history has remained at the national margins of a largely north-central hegemonic perspective, as if everything that happened in the South and Islands concerned only a sort of colonial territory.

* * *

Walter Benjamin, who seems to have felt a partiular affinity for the Italian South, observed that "history is always now," in other words, history is constantly being made in the present (2020). He recognized certain traits that, although not always accurate, expressed a somewhat positive potential. For this reason, without forgetting or ignoring the history of a South determined and defined by the interests of a nationalism that is only partially interested in the region, today we can situate the South in a "now" rooted in the totality of its problems and virtues, its recent waves of immigration, and the causes and effects, and on-going history of emigration. This new focus places the South quite differently within the national imaginary. It should therefore not surprise us to find that in Franco Cassano's essay, *Tre modi di vedere il sud,* he lists three common paradigms that defined how the South is considered from outside, as an:

1) addiction (exploitation) paradigm;
2) paradigm of modernization (delay);
3) autonomy paradigm (South as a critical resource).

(Cassano, 2009, 56-57)

An analysis of these three approaches leads the author to conclude that Italy should have understood that the game of national unity, its coherence, cannot but be played only on a "broader chessboard, the Mediterranean one," in short, the Southern question as a Mediterranean question. But a broader analysis of the meridian question can be found in his poetic treatise, *Il pensiero meridiano* (2014), where he observes that

> the South has a precise place in the contemporary imagination, a position that oscillates between tourist paradise and mafia hell, two attributes of backwardness, which place it in a periphery of thought. But the South has something much richer and more complex to tell. Meridian thinking is the project to restore the ancient dignity of the subject of thought to the South, to interrupt a long history/tradition in which the South has been described, imagined, spoken and thought by outsiders. After all, how can we forget that philosophy has an ancient confidence with the South, that the search for, and love of, wisdom was born in Greece, where for the first time the idea of a truth revealed from above was put into crisis, and forced to face the mobility of public discussion?
>
> (Cassano, 2014, 4, my translation).

I think Stiso would have found himself in full agreement with these sentiments, expressed in some way in his poem "L'antico volto" (The Ancient Face):

I am back
in my land of
Alta Irpinia
nothing has changed.
My land still
has an ancient face.
It is April
the sun
pale in the sky
and the new wheat
is thin

in the fields
like blades of grass.
Even the people
of my land
preserve
that ancient face
marked by bitterness.
Still hopeless
My people
of Alta Irpinia.
    (Stiso, 2019, 44, my translation)

In fact, it would be a new way of knowing not only the South but also the causes and realities of the denial of its subjectivity. A new knowledge with distant roots that, applied today, could perhaps extract the South from its stereotyped images as a tourist destination for the "rich masses of industrial civilization" (Cassano 2012, 2) who seek to fill the vacuum of their summer holidays in territories that suffer "the chameleonic selling out of its ruling classes, their systematic corruption, an extortionist wiliness that is more refined and chameleonic among its higher strata, more violent and blatant among the lower classes" (Cassano 2012, 2). And here the following Stiso verses are called into action again:

And now we have learned to live
the land can be ours
because it is fertile from our sweat
and that is the greater truth
that we now know.
    (Stiso, 2019, 22, my translation)

In conclusion, I will join Stiso in a chorus of clarifi-
cations: "The women of my land / you don't know
them," but here there is a reality that goes far beyond
the stereotypes that impose distance. "The women of
my land / you do not know them," when they smile
(Stiso, 2019, 24, my translation). "The women of my land
/ you do not know them," as you do not know the South
of Scotellaro and its *Contadini del Sud* (1954), an inquiry-
book that includes both the Gramscian proposals of the
past, as well as those of today's meridian thought; a
South where today, even if the categories and termino-
logy have changed, it is no longer politicians and
bureaucrats who speak of that world, but the same
common people who tell of their civilization, giving it
legitimacy and cultural autonomy.

WORKS CITED

Benjamin, Walter and Asja Lacis. 2020. *Napoli porosa*. Ed. Elenio
    Cicchini. Napoli: Dante & Descartes.
Bocca, Giorgio. 1988. *Gli italiani sono razzisti?* Milano: Garzanti.
Bodini, Vittorio. 1962. *La luna dei Borboni e altre poesie 1945-1961*.
    Milano: Mondadori.
Cassano, Franco. 2009. *Tre modi di vedere il Sud*. Bologna: Il Mulino.
    _____. 2005. *Il pensiero meridiano*. Bari: Laterza.
De Seta, Vittorio. 2009. *Il mondo perduto. I cortometraggi di Vittorio
    De Seta*. Book and DVD. Milano: Feltrinelli Reel Cinema.
Gramsci, Antonio. 1995 (1926). *The Southern Question*, translated
    by Pasquale Verdicchio. West Lafayette: Bordighera.
Roy, Arundhati. 2003. *Confronting Empire*, lecture delivered in
    Porto Alegre, Brazil, January 27.
Saviano, Roberto. 2006. *Gomorra*. Milano: Mondadori.
Sciascia, Leonardo. 1996 (1974). "Il lungo viaggio" in *Il mare co-
    lore del vino*, Milano: Adelphi.
Scotellaro, Rocco. 1954. *Contadini del Sud*. Bari: Laterza.

Speranza, Paolo. 2019. *Il poeta ritrovato. Il Sud universale di Pasquale Stiso tra impegno politico e letteratura*, Atripalda, Italy: Mephite Press.

Stiso, Pasquale. 2019. *Ed il giorno è venuto: Tutte le poesie.* Edited by Paolo Speranza, Atripalda, Italy: Mephite Press.

Coda

"Land of the High Irpinia"

I

Land
of the High Irpinia
a stranger
like a stepmother
beaten
by all the winds
oppressed
for long months
by the snow
Plains of the Formicoso
desolate
thirsting
for water
and greenery
where the wheat
grows sickly
worn by frosts
beaten by storms
and the September
corn
is still tender as milk.

II

Land
of the High Irpinia
the reapers
do not sing in summer
because the wheat
is light
in their arms
and the ploughman
is melancholy
behind his oxen
in the fields.
Land
arid land
in vain
bathed by sweat
barren
indifferent
like a whore
your children
do not love you
and flee from you
to 100 other countries
in search of the bread
you deny.

III

And so the streets are sad
in the shade
of the lonely towers
raised like a finger
to the sky

your blue sky
my land of Irpinia
in your August nights
shining with stars
warm
sweet
when the owl
hoots in the woods
and the nightingale
In the elder trees.
At such a time
it seems that the soul
melts and blends
with the indistinct murmur
of the things that rest.

IV

I love you
my land
my poor land
my heart
has been made by yours
there is not one day
that I do not think of you
of the places of my first happiness
and my first sorrows.
And sometimes
it happens
that you change before my eyes
you are no longer arid
barren
cursed

but rich with cherry trees
apple trees in bloom
and vineyards
and ripened wheat
with songs
and happiness.
Oh my land
my land
of the High Irpinia
tell me I am not wrong
and that this
is your future.

Translated by Paola Sensi-Isolani

"For Sibilla Aleramo"

Today for the first time
in the pages of one of our papers
I saw the image of her face
comrade Sibilla Aleramo
who I did not know.
I remember!
When I read "RUSSIA HIGH COUNTRY"
hymn to life and love
my heart,
rapt with joy, with light, with beauty
that your heart had created,
— asked —
who is, who is
this marvelous woman
who takes the soul of men
in her hands

and tames it
and to the weak and oppressed
gives courage to raise their chest
and hold their heads up high
toward the new world of freedom?
Now I see you
and know who you are.
Yours is the undulating wave of white hair
the high and luminous brow,
the straight and resolute nose
and your slightly open lips,
still quivering
from poetry, fraternity, and tenderness.
It is completely your face
gentle and proud
of a fighter
where the eye, still bright with youth,
gazes the future.
Well, may you live to be
a hundred, comrade,
may your immense heart
carry the trials and aspirations
of the whole of humanity.
And may you live for us
to pass on to us the ferment
of your strength and fervor,
oh great mother of love and hope,
and for being the first
on the day in which the workers of the world
free and unfurling their flags in the wind
will sing their hymn of victory.

Translated by Pasquale Verdicchio

"My Land"

My land
is dying
definitively today
I understand.
The peasants
along the roadways
did not greet us
with outstretched hands
in their eyes
there was no hint
of a smile
only immense
melancholy
weighed down their glance.
My land
my land
is dying
but no one hears
this cry
no one has pity
for my land.

Translated by Laura E. Ruberto

Pasquale Stiso, 1953
Photo Courtesy of Teresa Stiso

Pasquale Stiso speaking as Mayor of Andretta, 1953
Photo Courtesy of Luigi Acocella and Luciano Di Paola

AUGURIO A SIBILLA ALERAMO.

STISO PASQUALE
Atripalda - Via Manfredi

Oggi per la prima volta,
su una pagina del nostro giornale
ho visto l'immagine del tuo volto
compagna Sibilla Aleramo
che non conoscevo.
Ricordo!
Quando leggi "NOSTRA ALTO PANDA"
l'inno della vita e dell'amore
il mio cuore,
rapito dalla gioia,dalla luce,dalla bellezza
che il tuo cuore aveva creato,
chi è,chi è ,
-mi domandava-
questa donna meravigliosa
che prende tra le mani
l'animo degli uomini
e lo ingentilisce
e ai deboli e agli oppressi
dona il coraggio
di sollevare il petto e ergere la testa
verso il mondo nuovo di libertà"
ed ecco ora ti guardo,
ed ecco ora so chi sei.
Sono tuoi l'onda mossa dei capelli bianchi
e la fronte alta e luminosa,
il naso diritto e volitivo
e la tua bella bocca semichiusa,
palpitante ancora
di parole di poesia,di fraternità,di tenerezza.
Ed anima tutto il volto
gentile e fiero
di combattente
ove l'occhio,brillante ancora di giovinezza,
mira l'avvenire.
Ebbene vivi cent'anni
compagna nostra,
che nel cuore immenso
porti le pene e le aspirazioni
di tutta intera l'umanità.
E vivi per noi
per darci il lievito
della tua forza e del tuo fervore
o grande mamma d'amore e di speranza,
e per essere la prima
il giorno in cui i lavoratori di tutto il mondo
liberi e agitando al vento le bandiere
canteranno il loro inno di vittoria.

agosto 1953.

Pasquale Stiso.

Letter to Sibilla Aleramo from Pasquale Stiso, August 1953
Photo Courtesy of Paolo Speranza

Michele (Georges Rivière) says goodbye to his son, *La donnaccia*, 1963
Photo Courtesy of Paolo Speranza

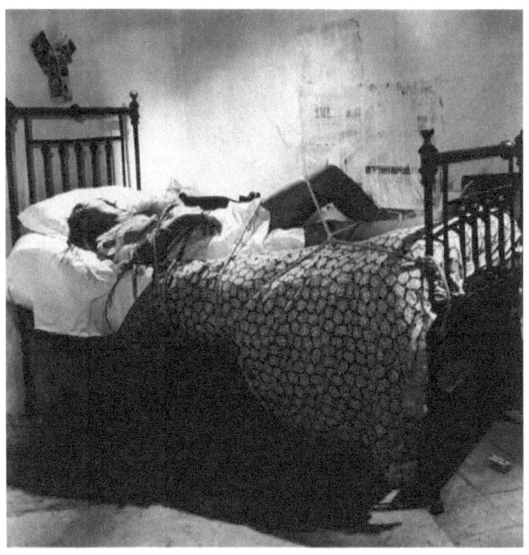

Concetta (Laura De Marchi) undergoes an exorcism, *La donnaccia*, 1963
Photo Courtesy of Paolo Speranza

Lacedonia, 1957. Courtesy Frank Cancian Collection
MAVI (Museo Antropologico Visivo Irpino) di Lacedonia (AV)

Lacedonia, 1957. Courtesy Frank Cancian Collection
MAVI (Museo Antropologico Visivo Irpino) di Lacedonia (AV)

Lacedonia, 1957. Courtesy Frank Cancian Collection
MAVI (Museo Antropologico Visivo Irpino) di Lacedonia (AV)

Lacedonia, 1957. Courtesy Frank Cancian Collection
MAVI (Museo Antropologico Visivo Irpino) di Lacedonia (AV)

Introduzione

La migrazione e il racconto ammonitore di Pasquale Stiso

Laura E. Ruberto

Nella sua tesi di dottorato del 1977 all'Università della California-Berkeley, intitolata *Andretta: An Emigrant Village*, Paola Sensi-Isolani inizia il suo studio antropologico sul ruolo dell'emigrazione in un paese dell'Italia meridionale con una poesia in quattro strofe di Pasquale Stiso. La lirica "Terra d'Alta Irpinia," qui inclusa in originale e nella traduzione di Sensi-Isolani, evoca il contesto acustico dei cambiamenti stagionali che creano sia il vuoto che l'abbondanza che ancora oggi definiscono l'area dell'entroterra della Campania conosciuta come Alta Irpinia.

La giovane antropologa, già con una consapevo-lezza marcata del significato della migrazione nella traiettoria culturale dell'Italia aveva intuito e dimo-strato come il paese di Andretta (in provincia di Avel-lino), studiato attraverso la mobilità della sua gente, potesse essere inteso come rappresentativo di gran parte del Sud Italia. Sensi-Isolani si era resa conto di come il paese fosse (e in parte lo è ancora) molto isolato a causa delle infrastrutture non adeguate a una società industrializzata, pur essendo per altri versi inserito in una dimensione, in qualche misura, globale, determi-nata in gran parte proprio dal tipo di migrazione, con un gran numero di emigrati e molti di ritorno, che lo collegava a mondi ben oltre i suoi confini. Oltre 3000 andrettesi emigrarono nel periodo preso in esame dalla studiosa, dal 1951 al 1975, determinando così una diminuzione del 50% circa della popolazione di Andretta, che si ridusse a soli 2.700 abitanti nel 1975. Le osservazioni dell'antropologa sui vari modi in cui la migrazione continuava a dare forma alla società ed alla cultura del paese (dalle sue pratiche religiose alla vita familiare e alle opinioni politiche) possono ancora oggi risultare fondamentali per comprendere la realtà contemporanea della regione e di Andretta, oggi con una popolazione di soli 1.900 abitanti.

Sensi-Isolani apre il suo studio sulla cultura migratoria ad Andretta con la poesia di Pasquale Stiso. In una sorta di migrazione di ritorno, io utilizzo la ricerca di Sensi-Isolani per presentare, particolarmente a un pubblico di lettori in inglese, la storia di Stiso sul viaggio di un migrante. Nel racconto intitolato, "Questa è una storia vera o forse no," pubblicato qui per la prima volta in inglese come "This is a True Story, or Maybe Not," Stiso presenta il tentativo di un uomo di emigrare dal Sud Italia su una nave diretta a New York City. Seguiamo Michele, il nostro protagonista, non solo nel suo viaggio sulla nave, ma anche, e soprattutto, nella fase che precede la partenza, offrendo ai lettori un'idea concreta della preparazione e del lavoro che l'emigrazione esige. Ma Michele si rende conto poi troppo tardi che tutto il suo sacrificio non è servito a niente, perché si accorge di non aver mai lasciato la baia di Napoli. Raccontando come Michele sia stato letteralmente e metaforicamente preso in giro, Stiso trasforma così la storia di un migrante in un racconto ammonitore.

Nel presentare la poesia di Stiso "Terra d'Alta Irpinia," Sensi-Isolani offre una descrizione essenziale del poeta, rilevando che Stiso era stato il "sindaco comunista di Andretta dal 1952 al 1956," scomparso tragicamente togliendosi la vita nel 1968.[1] Questo libro bilingue approfondisce ulteriormente la figura di Stiso, rivolgendosi ad una platea di lettori più ampia, offrendo commenti critici sulla sua vita e sul suo lavoro e su come si è impegnato con passione rispetto ad alcuni problemi delle realtà sottoesplorate del Sud Italia. L'elegante traduzione di Pasquale Verdicchio rivela i retroscena e le aspirazioni, i processi mentali e i piani per affrontare i viaggi oltre i confini nazionali, ed esprime le emozioni e i desideri intorno alla migrazione, soprattutto per quelle migrazioni che non si realizzano mai.

Avvocato, funzionario pubblico e attivista politico, Stiso era anche uno scrittore complesso e prolifico. Incrociando più generi e stili di scrittura, ha pubblicato come giornalista, poeta e narratore. È stato anche sindaco di Andretta per quattro anni e consigliere provinciale dal 1958 al 1964. Come membro del Partito Comunista Italiano (PCI) è stato profondamente coinvolto nelle discussioni politiche nella sinistra intorno alla continua privazione dei diritti delle regioni meridionali dell'Italia. La sua voce è stata particolarmente attiva sulle pagine editoriali del *Progresso Irpino* (l'organo del PCI nella provincia di Avellino), dove ha esposto le sfide che l'Irpinia rurale doveva affrontare, soprattutto alla luce di quello che viene definito il "miracolo economico" italiano, quel periodo alla fine degli anni Cinquanta e all'inizio degli anni Sessanta di

---

[1] Stiso è nato nel 1923.

crescita e stabilità economica nazionale che non ha avuto un impatto fruttuoso su gran parte del Sud.

È importante sottolineare che la storia di Stiso è ambientata nei decenni successivi alla seconda guerra mondiale e come tale dà luce alle specificità dei percorsi migratori di quell'epoca. Sappiamo che nei trent'anni successivi alla fine della seconda guerra mondiale, oltre sette milioni di italiani emigrarono e, mentre molti sarebbero poi tornati, centinaia di migliaia si stabilirono in tutto il mondo, in altre parti d'Italia e in Europa, nelle Americhe e Australia.[2] Le storie di questa e delle successive ondate di migrazione sono spesso fuse con precedenti narrazioni della diaspora italiana ma questo movimento migratorio postbellico ha le sue particolarità. Dovremmo quindi contestualizzare il racconto di Stiso sulla migrazione italiana come rappresentativo di uno specifico momento storico e quindi comprendere le vicende dei personaggi al suo interno, come parte dei modelli culturali che contribuiscono a determinare la diversità e la molteplicità intrinseca all'identità etnica italiana.[3]

La storia di Stiso mette in luce quel periodo di tempo che intercorre tra il 1945 e l'avvento del "miracolo economico," che avrebbe potuto avere un grande effetto sulle regioni più povere d'Italia. Allo stesso

---

[2] Sull'emigrazione italiana di questo periodo, si veda, per esempio, Cornelisen 1981, Iacovetta 1993, Gabaccia 2000, Baldassar e Pesman 2006, e Ruberto e Sciorra 2017a, 2017b.

[3] Joseph Sciorra e io inseriamo il racconto di Stiso nel contesto più ampio della migrazione dopo il 1945, e suggeriamo che questo testo, come altri esempi letterari simili, debba essere studiato con una consapevolezza più larga della storia della migrazione italiana (Ruberto e Sciorra, 2017b, 19). Questo libro rappresenta un modesto gesto di risposta a quell'invito.

tempo, il racconto richiama le precedenti ondate migratorie e la mitizzazione derivata da quelle esperienze. Il nostro protagonista Michele, che si trascina per il mondo il soprannome "New York" come un peso morto, è partito e rientrato più di una volta in Italia, cercando stabilità sia in Germania che in Svizzera prima di tentare la *mission impossible*: gli Stati Uniti. Michele rappresenta quindi generazioni di italiani in movimento e ci ricorda che questa mobilità era raramente unidirezionale e che spesso comportava molti attraversamenti di frontiera. Stiso ambienta il racconto nel momento a lui contemporaneo della fine degli anni Cinquanta e dei primi anni Sessanta e rifugge da ogni sentimentalismo, anche se spinge i suoi lettori a guardare con simpatia alla difficile situazione dei migranti. Con il tentativo del protagonista di arrivare a New York City, la narrazione scivola oltre la nostalgia e si colloca esattamente nello spazio di un realismo brutale. Stiso descrive i sentimenti viscerali sottesi ai bisogni delle persone che affrontano il desiderio di partire, l'anelito verso l'ignoto, e la ricerca di viaggi iniziati ma interrotti, mai portati a termine.

Il rapporto tra Michele e la migrazione si può comprendere meglio attraverso il conflitto parallelo e un po' ambiguo che definisce la sua relazione con la terra. Il ritmo della storia gioca con questa giustapposizione in quanto sia la migrazione che la terra gli offrono lavoro, ma i successi dell'una non soddisfano mai pienamente i successi dell'altra. Le stagioni, la terra e la fatica incessante e senza fine determinano pesantemente l'esistenza di Michele. La sua stessa anima ne sembra rovinata ed egli sfoga la sua miseria su moglie e figli, rivelando un machismo di cui sembra incapace di liberarsi. Con quest'ultima caratteristica di Michele, il modo in cui cattura la violenza dell'intimità domestica, Stiso critica alcune delle brutali convenzioni maschili: "sfogava il suo dolore con la sua donna e i suoi bambini incominciavano ad avere paura di lui quando lo sentivano gridare" (67). Tuttavia, anche il rapporto con moglie e figli non è definito solo in questo modo singolare. Quando li lascia per iniziare il suo viaggio verso gli Stati Uniti, è l'immagine dei suoi "bambini che ancora dormivano ... la moglie piangente" Michele tiene vicino a se (70).

I testi creativi italiani, la cultura dei consumi e le espressioni materiali sono pieni di riferimenti a uno dei beni d'esportazione di maggior successo e di lunga data del Paese: la sua gente. Qualsiasi lettore del racconto di Stiso che abbia percorso la produzione letteraria e artistica italiana alla ricerca dei segni culturali delle storie di migrazione, correrà senza dubbio con il pensiero ad un testo più noto: "Il lungo viaggio" di Leonardo Sciascia.[4] I racconti di Sciascia e Stiso condividono trame singolarmente simili: un contadino innocente viene raggirato e indotto a pensare di essersi imbarcato su una nave diretta negli Stati Uniti, ma in realtà farà solo un lungo viaggio e ritornerà ben presto al porto italiano da cui era partito, e questa volta ancora più impoverito e senza speranza. Dato che "Questa è una storia vera o forse no" di Stiso è parallela al racconto più famoso di Sciascia di un migrante mal indirizzato e ingannato, potrebbe essere facile liquidare

---

[4] Si veda Teresa Fiore (2006) per un'analisi del racconto di Sciascia accanto ad altri testi culturali con dei temi sovrapposti, per esempio, *Lamerica* di Gianni Amelio e il telefilm documentario di Alessandro Blasetti del 1972, *Storie dell'emigrazione* (ispirato dal racconto di Sciascia).

il lavoro di Stiso come una semplice imitazione. Eppure, a quanto pare, il ben poco noto poeta-attivista di Andretta ha pubblicato per primo la sua storia.

Il racconto "Il lungo viaggio" appare per la prima volta sulle pagine dell'*Unità* il 21 ottobre 1962. Successivamente è stato ripubblicato più volte, raggiungendo una più ampia diffusione con l'inclusione nella raccolta dell'autore siciliano, *Il mare colore del vino* del 1973.[5] Anche il racconto di Stiso esce per la prima volta nel 1962, nell'edizione di gennaio-febbraio della rivista locale *Il Foro Irpino*, pubblicata dall'Ordine degli Avvocati della provincia di Avellino. Data la diffusione limitata e settoriale de *Il Foro Irpino*, è molto improbabile che Sciascia abbia visto il racconto di Stiso. Considerata la militanza politica di Stiso, si può invece supporre che questi si sia molto probabilmente imbattuto nel racconto di Sciascia quando apparve sull'*Unità*, il quotidiano del PCI, otto mesi dopo la pubblicazione di "Questa è una storia vera o forse no." Che questi due racconti condividano una tale affinità non dovrebbe sorprendere chiunque abbia familiarità con la situazione economica dell'Italia meridionale e delle masse rurali, povere e poco istruite che hanno continuato a viverci (anche dopo che in centinaia di migliaia se n'erano andati). Paolo Speranza, nel volume *Questa è una storia vera o forse no: Il "sogno rubato" di un migrante italiano*, ha per primo notato le connessioni tra gli scritti di Sciascia e Stiso, offrendo la seguente spiegazione:

---

[5] Si veda Paolo Squillaciotti (in Sciascia, 2012, 1866), per una lista di tutte le versioni pubblicate. Ringrazio Joseph Francese per avermi segnalato questa fonte.

Leonardo Sciascia e Pasquale Stiso non avevano biso-
gno di conoscersi o di condividere informazioni utili
alla stesura dei rispettivi racconti: ad entrambi è risul-
tata più che sufficiente, come fonte di ispirazione narrativa, la comune e profonda conoscenza di un feno-
meno, quello dell'emigrazione, che da decenni risul-
tava endemico tanto in Sicilia come in Irpinia, e in particolare delle frequenti cronache di emigranti truffati o
di fasulli "viaggi della speranza" che si potevano leggere, soprattutto nei giornali di sinistra (l'area politico-
culturale di riferimento dei due autori), ancora negli
anni Cinquanta. (2013, 12)

La documentazione storica senz'altro conferma l'idea
che uomini e donne disperati siano stati probabilmente
sfruttati in modi diversi mentre cercavano di migrare.
A volte gli emigranti del primo Novecento venivano
incoraggiati ad iscriversi in quelli che a loro venivano
presentati come viaggi gratuiti, non rendendosi conto
che, una volta arrivati a destinazione (in Argentina,
Brasile, Stati Uniti, ecc.) sarebbero stati già notevol-
mente indebitati e costretti a lavorare con salari minimi
per ripagare il viaggio (vedi Martellini 2001, 296). Tali
accordi continuarono per tutto il ventesimo secolo; per
esempio, Sensi-Isolani osserva che "alla fine degli anni
Cinquanta c'era una banda clandestina che operava tra
Andretta e il Venezuela," il cui disegno criminale era
basato sulla falsa promessa di un contratto di lavoro
all'arrivo a destinazione degli uomini, ma poi "i lavori
non si materializzavano mai" (1997, 130, traduzione
mia). In una breve intervista con Sciascia, inclusa in
Storie dell'emigrazione di Alessandro Blasetti, il telefilm
del 1972 adattato dal racconto di Sciascia, lo scrittore
spiega la comunanza di storie di migranti ingannati

simili a quelle del suo "Il lungo viaggio". I dettagli narrati sia da Sciascia che da Stiso erano dunque semplicemente parte della realtà delle comunità di migranti e quindi parte del tessuto della vita dell'Italia meridionale.

Il racconto ammonitore che Stiso riesce a tessere suggerisce che la migrazione non è necessariamente l'opzione migliore per i contadini meridionali, né la migliore risposta a quella che viene definita collettivamente la "questione meridionale": le lotte economiche e politiche in corso nell'Italia meridionale, in gran parte segnata dall'egemonia del Nord. Chiaramente la posizione di Stiso è in sintonia con i primi scritti di Antonio Gramsci e in particolare riecheggia le preoccupazioni di Gramsci che riguardano, come ha notato Pasquale Verdicchio, "il ruolo della popolazione del Mezzogiorno italiano all'interno dello Stato italiano" (Verdicchio, 1997, 92, traduzione mia).[6] Stiso era coinvolto anche in altre attività culturali in cui le questioni sia del Sud che dell'emigrazione erano centrali. Dopo la pubblicazione nel 1962, il suo racconto è stato adattato dagli sceneggiatori Silvio Siano e Sabatino Ciuffini per il film *La donnaccia* (regia di Siano, 1965), con l'attrice italo-francese Dominique Boschero nel ruolo della protagonista. Questo film poco conosciuto intreccia una serie di episodi sulla vita quotidiana in un paese dell'Italia meridionale negli anni Sessanta, tra cui un esorcismo praticato su una giovane donna epilettica, il

---

[6] Per approfondire la "questione meridionale" in relazione al tema dell'emigrazione, rimando a *Bound by Distance* di Verdicchio (1996; 2016). Si veda anche Vito Teti *Pietre di pane* (2011) per uno studio antropologico che considera la posizione del Sud nella narrazione di storie di migrazione tra il Canada e un paese calabrese.

corteggiamento e i rituali matrimoniali, e la vergogna che a volte si abbatteva sui migranti che tornavano a casa senza successo.[7] Gli esterni del film sono stati girati nel 1963 a Cairano (provincia di Avellino), un paese anch'esso decimato dall'emigrazione, e ancora più piccolo (specialmente in confronto con quello in cui era nato Stiso).[8] Il film mette in rilievo i sentimenti di desiderio intorno alla migrazione e le emozioni delle voci emarginate nell'Italia meridionale della metà del ventesimo secolo.

Nel 1957, pochi anni prima che il racconto di Stiso fosse pubblicato e a circa trenta chilometri soltanto di distanza in un'altra zona dell'Irpinia, l'italoamericano Frank Cancian, uno studente di ventidue anni con una borsa di studio Fulbright, soggiorna per un certo periodo nel paese di Lacedonia (provincia di Avellino). Là Cancian ha immortalato visualmente la *routine* quotidiana e le culture espressive del paese attraverso fotografie e parole, anticipando il suo successivo lavoro come fotografo etnografico e antropologo culturale. Le sue fotografie costruiscono una storia visiva di un popolo meno documentato, di coloro che sono stati lasciati indietro dall'emigrazione di quelli che erano forse tornati da qualche viaggio migratorio. Le fotografie di Cancian hanno la medesima qualità aperta e fluida della loro esistenza similmente. Sono i segni storici di un paesaggio dinamico e di un immaginario collettivo mutevole. Guardando quelle immagini siamo

---

[7] Sul film *La donnaccia* vedi Speranza, 2003.

[8] Per il ruolo dell'emigrazione a Cairano, specialmente dopo 1945, si veda l'autobiografia di Leonilde Frieri Ruberto *Such Is Life/ Ma la vita è fatta così* (2010).

incoraggiati a porre domande sugli strati di vita che ogni sguardo ogni ombra suggeriscono.

Le fotografie di Cancian non sono le tipiche istantanee idilliache di una pittoresca cultura contadina italiana, bensì una sorta di mappa visiva di una comunità, una mappa che non è dissimile dagli spazi e dalle persone inquadrati nella rappresentazione letteraria di Stiso. Il suo racconto evoca immagini vivide, un quadro suggestivo che ci ricorda in che senso la narrazione standard della migrazione italiana in termini di lotta e successo rappresenti una storia incompleta. I sogni sono centrali nella storia di Stiso: il sogno di un futuro migliore grazie alla migrazione, il viaggio stesso come sogno, il brutto sogno che il protagonista percepisce come presagio funesto e la realtà insondabile in cui alla fine sopravvive come in un sogno. Il personaggio di Michele/"New York" ci chiede di considerare chi è tornato e chi non ha mai lasciato definitivamente l'Italia, coloro le cui sfide e conquiste come migranti non sono state esaminate attentamente perché non sono facilmente visibili e solo raramente rammentate. Il racconto di Pasquale Stiso ci offre spunti di riflessione e ci aiuta a sbrogliare la matassa aggrovigliata ancora in evoluzione della diaspora italiana

BIBLIOGRAFIA

Baldassar, Loretta e Ros Pesman. 2006. *From Paesani to Global Italians: Veneto Migrants in Western Australia*. Perth: University of Western Australia.

Cancian, Frank, 2013. *Lacedonia: Un paese italiano, 1957/An Italian Town, 1957*. Grottaminarda: Delta 3.

Cornelisen, Ann. 1981. *Strangers and Pilgrims: The Last Italian Migration*. New York: McGraw Hill.

Fiore, Teresa. 2006. "Lunghi viaggi verso 'Lamerica' a casa: Straniamento e identità nelle storie di migrazione italiana," *Annali D'Italianistica, 24*, 87-106.

Gabaccia, Donna R. 2000. *Italy's Many Diasporas.* Seattle: University of Washington Press.

Iacovetta, Franca. 1993. *Such Hardworking People: Italian Immigrants in Postwar Toronto.* Montreal: McGill-Queen's University Press.

Martellini, Amoreno. 2001. "Il commercio dell'emigrazione: intermediari e agenti," in *Storia dell'emigrazione Italiana: Partenze.* Piero Bevilacqua, Andreina De Clementi, e Emilio
Franzina, eds. Roma: Donzelli, 293-308.

Ruberto, Laura E. e Joseph Sciorra, Eds. 2017a. *New Italian Migrations to the United States, Vol. 1: Politics and History since
1945,* Chicago: University of Illinois Press.

_____, Eds. 2017b. *New Italian Migrations to the United States,
Vol. 2: Art and Culture since 1945,* Chicago: University of Illinois Press.

Ruberto, Leonilde Frieri. 2010. *Such Is Life/ Ma la vita è fatta così:
An Italian American Woman's Memoir.* Traduzione di Laura
E. Ruberto, New York: Bordighera Press.

Sciascia, Leonardo. 1974. *Il mare colore del vino,* Torino: Einaudi
1974.

_____. 2012. *Opere, Volume I: Narrativa, teatro, poesia.* Paolo
Squillacioti, Ed. Milano: Adelphi.

Sensi-Isolani, Paola. 1977. *Andretta: An Emigrant Village.* Tesi per
il dottorato, Department of Anthropology, University of
California, Berkeley.

Siano, Silvio, regista. 1963. *La donnaccia.*

Speranza, Paolo. 2003. *Un'avventura neorealista: il film La Donnaccia a Cairano.* Atripalda, Italy: Mephite Press.

_____. 2013. *Questa è una storia vera o forse no: Il "sogno rubato"
di un migrante Italiano,* Atripalda, Italy: Mephite Press.

_____. 2018. *Il poeta ritrovato. Il Sud universale di Pasquale Stiso
tra impegno politico e letteratura,* Atripalda, Italy: Mephite
Press.

Stiso, Pasquale. 2013 (1962). "Questa è una storia vera o forse no." In *Questa è una storia vera o forse no: Il "sogno rubato" di un migrante Italiano*, Paolo Speranza, ed., 21-38. Atripalda, Italy: Mephite Press.

_____. 2019. *La terra che amiamo. Tutti gli scritti e un dramma inedito*. Prefazione di Teresa Stiso. Avellino, Italy: Cinema-Sud Press.

Teti, Vito. 2011. *Pietre di pane: Un'antropologia del restare*. Macerata, Italy: Quodlibet.

Verdicchio, Pasquale. 1997. *Bound by Distance: Rethinking Nationalism Through the Italian Diaspora*. Madison, NJ: Dickinson University Press; Seconda edizione. New York: Bordighera Press, 2016.

QUESTA È UNA STORIA VERA, O FORSE NO

di Pasquale Stiso

Adesso, quando passava per le strade del paese, i bambini, dagli angoli delle case, gli gridavano dietro "New York, New York".

In sul principio quelle voci cantinelati ed ingenuamente cattive gli entravano nelle orecchie e gli avvampavano il cuore.

Si voltava, con gli occhi cupi, sanguigni, guardava verso di loro e si chinava a terra per raccogliere delle pietre che scagliava furiosamente.

I bambini, a quella vista, scappavano ed ancora la loro voce allegra si spandeva per le strade "New York, New York", insieme al rumore delle scarpe sui ciottoli.

A lungo andare, però, egli s'era abituato a quella voce ed ora i bambini non lo temevano più. Anzi quando lo vedevano comparire gli sorridevano come ad un vecchio amico e si lasciavano finanche accarezzare. I bambini sono bambini e non sanno, non possono sapere, quanto dolore può scatenare una parola che riapra, d'un tratto, una ferita non del tutto rimarginata.

New York camminava quasi sempre con la testa bassa; gli occhi avevano perduto ogni vitalità e il corpo, un tempo alto e robusto, s'era incurvato come quello d'un vecchio.

Attraversava sempre le solite vie e quando le ultime case del paese non si vedevano più si sedeva sulla spalletta di un ponticello e guardava lontano verso la vallata.

Ai suoi occhi, che improvvisamente si illumina-
vano, si presentava di colpo un piccolo campo, a volte
verdeggiante di grano non ancora maturo, a volte
inondato dell'oro delle spighe e a volte ancora ondeg-
giante, con le cime degli esili pioppi, nel vento della
primavera. Quegli alberi un tempo non lontano li
aveva piantati lui ed ora erano cresciuti e coprivano di
verde la piccola casa che il tempo aveva stinta del suo
bianco colore di calce.

Sì, perché quel campo anni addietro era stato suo,
di New York. Allora però non si chiamava così, allora
aveva il suo nome, Michele. Ed era forte e giovane e
sulle sue labbra la tristezza ancora non aveva spento il
sorriso.

Quanto lavoro gli era costato quel piccolo campo.
Aveva fatto il garzone dei bovari, aveva spaccato le
pietre con la mazzola lungo le rotabili, aveva mietuto
nei campi notte e giorno, senza tregua, era emigrato
per quattro anni in Svizzera ed in Germania, non aveva
conosciuto riposo, sorreggendosi solo con la volontà
quando la schiena sembrava spezzarglisi sotto il peso
di un lavoro inumano.

Il giorno in cui Michele aveva per la prima volta
spalancata la porta della sua piccola casa s'era sentito
fiero come se fosse entrato in un superbo castello. La
notte però non aveva potuto prendere sonno nel nuovo
letto. Per la gioia il cuore sembrava uscirgli dal petto,
riempire la stanza e soffocare. Senza svegliare la moglie si era alzato e era uscito sull'aia. Era una dolcis-
sima notte di agosto; nel firmamento scintillavano le
innumeri stelle e i grilli, dall'erba già secca, lanciavano
nel tiepido silenzio i loro cento *cri- cri*.

S'era sdraiato sulla paglia del grano trebbiato da poco e con gli occhi aveva a lungo contemplato la cupola azzurro fondo del cielo lontano e il suo cuore si era placato. Era restato così fino all'alba fantasticando col suo cervello felice.

Quando il sole era appena salito nel cielo, stemperando di rosa l'azzurro ed indorando le cime delle colline, era sorto in piedi; aveva chiamato la sua donna e quindi aveva iniziato il suo amorevole lavoro nella sua terra. I giorni si susseguivano ai giorni e Michele era là sotto il sole o la pioggia, nel suo campo a scavare i canali, a piantare gli alberi e le viti, ad aprire i maggesi, a seminare e a mietere, a battere la zappa luccicante sulle zolle indurite dalla siccità. Col lungo passare dei giorni l'entusiasmo di Michele era però diminuito. Nutriva la sua terra d'amore ma essa continuava a restargli nemica.

Di giugno il grano era alto e nutrito, ma la calura di luglio lo inaridiva e le spighe diventano esili e leggere. Nella primavera gli alberi si caricavano di fiori, bianchi quelli dei ciliegi, rosei quelli dei peschi, bianco rosati quelli dei meli, ma la prima brina di giugno li essiccava di ogni linfa ed essi cadevano al suolo come tante piccole farfalle morte.

La delusione che in lui si accumulava lo rendeva irascibile e la sua casa, un tempo così allegra, s'intristiva; sfogava il suo dolore con la sua donna e i suoi bambini incominciavano ad avere paura di lui quando lo sentivano gridare. Prese allora ad odiarla quella terra che era stata il sogno della sua giovinezza e decise di disfarsene, di andar via, per sempre, in un paese straniero ma più fortunato, dove avesse potuto ricominciare, in un modo migliore, sua vita e quella dei suoi figli.

In sul finire di novembre i suoi amici prendevano la via della Svizzera, per poi ritornare in primavera con un piccolo gruzzolo risparmiato a costo di sacrifici e di privazioni. Michele in Svizzera non ci voleva tornare più. A che pro accumulare dell'altro danaro e comprare dell'altra terra se questa continuava a restare estranea come una matrigna?

Emigrare sì, a questo era deciso, ma per sempre, al di là dell'oceano, in America, ecco, in quel mondo diverso e ricco dove il lavoro era ricompensato dagli agi e dalla sicurezza del domani. Aveva questa idea in testa quando il caso lo fece incontrare con uno strano individuo.

Costui, nativo del paese, che però aveva lasciato tanti anni prima, aveva fatto circolare la voce, tramite una donna di malaffare, che egli poteva, clandestinamente, far imbarcare delle persone per il Nord America. Michele apprese questa voce una sera di luglio in piazza, ove si era portato per ingaggiare dei braccianti per la mietitura. Dapprima non dette ascolto a quelle parole, ma poi, quando più persone gliene dettero conferma, non esitò a pensare che forse per lui era arrivata la volta buona.

Anziché di rincasare subito quella sera decise di andare a informarsi direttamente dalla donna che egli, peraltro, ben conosceva avendola frequentata in gioventù prima del suo matrimonio.

Quando la donna lo vide entrare lo salutò calorosamente pensando che egli fosse andato da lei per riannodare la vecchia amicizia. Come, però, seppe la vera ragione della sua visita, chiuse immediatamente la porta e con fare misterioso gli spiegò come stessero le cose; emigrare per l'America era possibile, ma ci voleva molto danaro, perché molte erano le persone che dovevano cooperare per la buona riuscita dell'espatrio. Comunque, avrebbe parlato con l'organizzatore del viaggio e con lui si sarebbe messo d'accordo sul prezzo.

Circa una settimana dopo, era notte e Michele s'era già coricato da un pezzo, la donna andò di persona a chiamarlo nella sua casa. Quand'egli seppe che era arrivato l'uomo che poteva farlo emigrare, saltò dal letto, si vestì in fretta e insieme con la donna s'avviò per la salita verso il paese. L'uomo che li aspettava lo accolse affabilmente parlandogli subito come se fossero stati amici da lungo tempo.

Questo tono amichevole, la calma con la quale pronunziava le parole rincorarono del tutto Michele che stette ad ascoltare con animo più disteso. L'uomo era ancora giovane, vestiva come un vero signore e parlò a lungo; spiegò a Michele ogni cosa ed infine gli richiese per il viaggio la somma di un milione di lire da consegnarsi metà all'imbarco e l'altra metà allo sbarco a New York.

L'entità della somma atterrì Michele, però siccome l'altro non volle cedere di nemmeno una lira, fu costretto ad accettarla.

Nei quindici giorni che lo separarono dalla partenza, nonostante l'opposizione della moglie, spaventata dal fatto che si privavano di tutto il loro avere, Michele vendette la casa e la sua terra, nonché una coppia di giovani giovenche che da qualche tempo stava allevando. Quando ebbe in tasca tutto il danaro partì.

Quel giorno si alzò di buon mattino, baciò i bambini che ancora dormivano nel loro letto, abbracciò la moglie piangente e prese la via dello scalo ferroviario.

Era agosto oramai; il grano era stato tutto mietuto e le restoppie luccicavano nella prima luce dell'alba.

Camminava in fretta ed il cuore gli era oppresso da una grande tristezza che nemmeno il pensiero della nuova, agognata vita che l'aspettava riusciva a lenire.

Dinanzi ai suoi occhi si presentava l'immagine dei bambini addormentati e quella della sua donna in lacrime e, come per un doloroso presentimento, gli sembrava che il suo fosse soltanto un sogno, un sogno bello, dal quale presto si sarebbe svegliato.

Nel treno però si distrasse dai suoi cupi pensieri e quando giunse a Napoli si sentiva felice e pieno di entusiasmo. Tutto gli sarebbe andato bene, aveva la somma con sè e con i soldi, egli sapeva, si aprono tutte le porte, anche quelle inaccessibili ai poveri.

Dinanzi alla stazione scorse subito il suo uomo che lo aspettava. Questo fatto, in fondo banale perché concertato, gli sembrò un ottimo segno per cui gli si avvicinò sorridendo.

L'uomo aveva con sé la macchina sulla quale subito salirono. L'altro prese a guidare e Michele dal cristallo abbassato ammirava la grande città che non aveva mai visto. Gli sembrava una città incantata, con le sue splendide vetrine, i suoi palazzi, le sue piazze, le innumeri macchine che sfrecciavano veloci e leggere lungo le vie lisce e pulite.

Nemmeno il porto conosceva e nemmeno il mare, il grande mare azzurro perduto nel sole, appena mosso da una brezza sottile che faceva dondolare delle bianche vele sull'acqua.

Nel porto c'erano alcune grandi navi, altre più piccole e sul molo centinaia di persone che parlavano, vociavano, salivano o scendevano lungo le passerelle agganciate alla banchina.

Quando Michele scese dalla macchina la testa gli ronzava come dopo una giornata di mietitura sotto il sole. Gli occhi si posavano su tante cose che però, per il rapido passare delle immagini, non riuscivano a definire. Avrebbe voluto domandare, sapere, ma le parole non gli uscivano di bocca e allora si limitò a seguire l'altro che si moveva in silenzio e con disinvoltura.

Tutto accadde come in un sogno.

Salì su una nave, scese una prima scaletta, attraversò un locale guarnito di tavoli e sedie di cuoio, scese un'altra scaletta, camminò per un corridoio oscuro ed entrò in una piccola cuccetta illuminata da un oblò. Insieme a lui entrarono nella cuccetta l'uomo che l'aveva accompagnato ed un altro uomo in manica di camicia.

Il primo uomo si sedette sul lettino e l'altro restò in piedi accanto a Michele. "Fra poco sarai partito" disse l'uomo che stava in piedi "e così anche tu ce l'hai fatta."

"Adesso puoi pagare la prima quota" aggiunse l'uomo che stava seduto sul lettino, "ti avevo promesso di farti imbarcare ed eccoti qui". Ciò dicendo si alzò, in tre si stava veramente stretti in quel budello, e, sorridente e confidenziale, batté ancora come la prima volta, la mano sulla spalla di Michele.

Michele non rispose, non sapeva cosa rispondere; si sbottonò il gilè, aprì la camicia ed estrasse una busta di stoffa dov'era depositato il danaro. L'uomo che lo aveva accompagnato con un gesto rapido, leggero, quasi come una carezza, gli tolse il danaro di mano e lo sfogliò rapidamente. "Bene" disse, "allo sbarco consegnerai a lui l'altra metà; d'ora in avanti penserà lui a te."

Senza nemmeno stringere la mano a Michele e senza aggiungere nessun'altra parola uscì seguito dall'uomo in manica di camicia, il quale chiuse accuratamente la porta. Michele restò solo e non pareva vero di essere imbarcato verso la terra che si era promessa.

Si affacciò all'oblò e attraverso il pesante cristallo guardò innanzi a sé. I suoi occhi però non riuscivano a vedere altro che la fiancata bianca di un'altra nave. Si sedette allora sul letto e attese trepidante e felice per la sua inaspettata e meravigliosa avventura.

Ad un tratto ebbe l'impressione che la nave si movesse; balzò allora in piedi e guardò nuovamente dall'oblò.

Difatti era così; questa volta i suoi occhi vedevano il mare, il cielo luminoso e non molto lontano una striscia di terra che si adagiava, terminando a punta, nel mare.

Il suo viaggio era così incominciato.

Passò il giorno, venne la notte, vennero altri giorni ed altre notti e Michele era sempre lì nella sua cuccetta, con gli occhi incollati al cristallo, perduti su quella distesa azzurra d'acqua, nel grande cielo infinito, splendente di sole durante il giorno, punteggiato di stelle lontane nelle notti brevi di agosto. Per due o tre volte la nave si fermò ed entrò in altri porti, ove vi erano altre navi e ove si sentiva lo stesso trapestio avvertito nel porto di partenza. Una volta la nave si fermò di notte e

Michele poté scorgere un lembo di città alluminata da luci bianche e colorate.

All'uomo che gli portava da mangiare Michele domandava il nome delle città che scorgeva dall'oblò e l'uomo gli rispondeva pronunziando nomi strani che egli non riusciva a ritenere e a pronunziare.

Una sera, l'oscurità era già da tempo scesa sul mare, l'uomo venne a dirgli che il viaggio era terminato. Fra una mezz'ora al massimo egli sarebbe sbarcato a New York. Michele a questa notizia era preparato oramai, ma quando sentì pronunziare quelle parole non poté impedire al cuore di pulsare con veemenza nel petto.

Era arrivato; la notte sarebbe passata in un baleno e sarebbe spuntato il giorno e col nuovo giorno le sue speranze sarebbero finalmente diventate realtà.

Prima che Michele uscisse dalla cuccetta, che per circa sette giorni era stato tutto il suo mondo, l'uomo gli consegnò un biglietto. "Tieni" disse "chiederai a qualcuno della strada qui indicata, quando sarai a terra e la persona che ti riceverà penserà a sistemarti per i primi momenti". Ciò detto lesse sul biglietto, scritto in inglese italianizzato, le poche parole in esso segnate e poi uscì facendo cenno a Michele di seguirlo. Riattraversarono gli stessi locali percorsi al momento dell'imbarco e dopo poco furono sul ponte. La nave nell'avvicinarsi al porto aveva rallentato la sua corsa. Sul ponte di già si movevano decine di persone in attesa di scendere a terra con le loro cose ed i loro bagagli.

Michele però non guardava le persone; mirava invece la città sfolgorante di luci, che sembrava una macchia luminosa nel buio della sera inoltrata. Era avvinto a questa inusitata visione di bellezza quando l'uomo gli sussurrò: "vieni, non puoi scendere insieme agli altri".

Michele senza dire parola seguì l'uomo; il suo cervello non riusciva a pensare, solo il cuore gli batteva forte inondato di felicità. Scese per una scaletta, attraversò vari locali e con l'altro raggiunse la poppa della nave. "Una barca," disse l'uomo, ti porterà a terra in un posto non lontano di qui; nel porto ci sono i controlli della dogana ed allora tutto sarebbe finito; ecco la barca che si avvicina".

Michele guardò in basso e nei pressi della nave scorse una piccola barca a remi che scivolava silenziosa sull'acqua.

Quando la nave si arrestò presso la banchina la barca le si avvicinò e s'arrestò anch'essa.

"Fra poco sarai a terra," riprese l'uomo, "ora puoi consegnarmi l'altra metà della somma. Noi abbiamo mantenuto il nostro impegno". Michele, che aveva già pronto in tasca il danaro, lo estrasse e lo consegnò all'uomo. "E grazie" gli disse, "grazie per quanto avete fatto per me; datemi il vostro nome, appena potrò vi manderò un regalo". Nel dire queste parole afferrò la mano dell'altro e la strinse con forza nel mentre gli occhi gli si riempirono di lacrime. L'altro si svincolò subito dalla stretta e, come se non avesse inteso quanto Michele gli chiedeva, fecegli presente che bisognava far presto per evitare ogni sorpresa. Michele non insistette e con la guida di una fune discese nella piccola imbarcazione.

Al primo dondolio della barca sull'acqua ebbe paura e si sedette di botto; sorridendo salutò il rematore ma questi non gli rispose.

Allora non aggiunse parola e restò in attesa, guardando l'acqua scura del mare che si apriva in un'esile scia di spuma sotto il peso del minuscolo scafo. Dopo circa un quarto d'ora di viaggio la barca si fermò nei pressi dei massi frangionde che costeggiavano la Litorale. Anche questa volta l'uomo della barca non parlò quando fece cenno a Michele di scendere. Come Michele fu disceso sugli scogli l'uomo riprese a remare in senso inverso e dopo qualche attimo la barchetta fu solo un punto nero nel buio del cielo e del mare.

Michele restò, così, solo sui massi: l'acqua che si frangeva e spumeggiava contro di essi lo sbigottiva; le gambe gli erano diventate pesanti ed aveva paura di muovere un solo passo nel timore di precipitare nell'acqua nera. Cautamente si sedette ed in tal modo si sentì più sicuro. L'uomo della nave gli aveva detto di aspettare qualche tempo prima di salire sulla strada. Come la notte si sarebbe fatta più fonda più difficile sarebbe stato di incontrare i poliziotti che avrebbero potuto fermarlo. Michele così fece: restò seduto, quasi immobile, e per ingannare il tempo fumò una sigaretta dopo l'altra, anche se il fumo, chissà perché, gli dava più disgusto che piacere.

Intanto sulla Litorale il rumore delle macchine andava diminuendo, così come pure il brusio delle voci delle persone che passeggiavano. Questo vuol dire, pensò Michele che ora posso salire; guardò l'orologio al chiarore della brace della sigaretta e vide che era da poco passata la mezzanotte. Si alzò, ora si sentiva più sicuro sulle gambe, e si mosse. Carponi, pietra su pietra, giunse sulla Litorale. Qui il cuore per un attimo gli si fermò nel petto; poi riprese a battere con la furia di un batacchio di campana a festa.

Era finalmente a terra, era a New York.

La città gli stava davanti. Anche se non erano accese tutte le luci, essa era meravigliosa. Assumeva proporzioni gigantesche e sembrava perdersi nel cielo colmo di stelle.

Era arrivato felicemente per restare, per sempre, nella città del suo avvenire e di quello dei suoi figli.

Pensò a loro, pensò alla moglie, che senza notizie doveva trepidare per lui, ed un'ondata di commozione e di amore gli salì da tutto il suo essere riempiendolo di calore e di forza. Per loro, per i suoi cari esseri, egli avrebbe lottato e vinto. Si sentì allora, sotto questa carica di affetti, un altro, più forte e più sicuro che mai. Drizzò il capo, strinse nella mano la piccola valigia e con passo fermo si avviò verso il suo destino.

E il destino era là, che l'aspettava immobile, al varco, con il suo volto di sfinge.

Michele camminava da qualche minuto sulla Litorale; di tanto in tanto d'accanto gli passavano macchine silenziose e qualche grosso autobus della notte; le luci dei globi si riflettevano nell'acqua e tremolavano sulle creste delle piccole onde.

Aveva incontrato anche delle persone, ma erano sempre più di una, per cui aveva avuto paura di avvicinarsi.

Ad un tratto, dinanzi a sé, scorse un uomo curvo sul parapetto intento a guardare verso il mare. Rallentò il passo e quando gli fu vicino si fermò; l'uomo volse il capo e lo guardò ergendosi sul corpo.

"Plise", fece Michele "dire.... Striit.....".

Nel mentre accennava a quelle poche parole imparate alla buona sulla nave tolse di tasca il biglietto con l'indirizzo e lo porse all'uomo. Questi prese il biglietto e guardò lo scritto.

"Io", disse dopo qualche attimo, "non conosco l'inglese, io italiano"; così dicendo ridette il biglietto a Michele, che si sentiva scoppiare il cuore dalla gioia. Quale fortuna gli era mai capitata; aveva per primo incontrato un italiano.

"Ma anch'io sono italiano" rispose; "sono sbarcato questa sera, debbo andare a questo indirizzo, voi mi potete aiutare, non conosco nessuno a New York".

L'uomo a queste parole sobbalzò, guardò Michele con gli occhi sbarrati e fece un passo indietro come se avesse visto uno spettro.

Anche Michele lo guardava, meravigliato. Non aveva detto niente di offensivo, perché l'uomo lo guardasse così sbigottito.

"Sono solo" ripeté; "aiutatemi a trovare questo indirizzo". L'uomo fece ancora un passo indietro e con un fil di voce disse: "ma questa non è New York, voi siete a Napoli".

Napoli! Questa parola nel cervello di Michele fece il rumore di un colpo di fucile sparato in una vallata; dapprima fu un colpo secco, poi l'eco si dilatò e divenne il rumore di un tuono.

"Napoli" disse con la voce che appena gli usciva dalla gola secca e stretta in un nodo mortale: "ma mi hanno sbarcato a New York".

Si avvicinò all'uomo, la realtà ora gli era chiara nella mente come in uno specchio di cristallo, e, lasciando cadere a terra la valigia, improvvisamente lo afferrò per le braccia.

"E' New York" gridò, "ma allora mi hanno ingannato, assassini".

Il sangue da tutte le vene gli ritornò come un fiume al cuore e lo travolse. Strinse con più forza le braccia dell'altro e poi, cieco di rabbia e di disperazione lo spinse lontano.

Ed ancora, con un urlo di povera bestia ferita, ripeté: "assassini". Prese a correre sul marciapiede della Litorale, traballando sotto il peso del suo dolore impotente ed il suo grido lacerante: "E' New York, è New York" si perdette nel cielo scintillante di stelle e sul mare che sussurrava dolcemente come una musica.....

Epilogo

QUESTA È UNA STORIA VERA

di Pasquale Verdicchio

Sono venuto a conoscenza di Pasquale Stiso e della sua opera molto tardi. Anche nella mia costante ricerca per voci nascoste dall'ombra della cosiddetta cultura nazionale, non mi era capitato di incontrare Stiso fin quando, per opera di Paolo Speranza, è arrivato nelle mie mani il catalogo del film *La donnaccia* (1963).

Questo mi fu portato a San Diego, dove vivo e insegno ormai da più di trent'anni, da una nostra amica in comune, Laura Ruberto. Non solo, ma come "libro compagno" Laura mi portò anche una copia del volume curato da Speranza e contenente il racconto "Questa è una storia vera, o forse no," dello stesso autore e sul quale si basa il film del 1963 diretto da Sivio Siano. Il film e il racconto rivelano gli elementi che sono alle origini dei flussi migratori di quel periodo. Le promesse, le speranze, le delusioni, come anche lo sfruttamento che spesso fa parte ancora oggi delle realtà del tentativo di andare oltre il destino predeterminato da forze e situazioni esterne alle realtà vissute. Il compito che preme ad autori come Stiso è di estendersi, e aprire varchi oltre le convenzioni, svelare le contraddizioni, rappresentazioni metaforiche e icone che promuovono concetti pregiudiziali delle culture egemoni. Per questo, poi, mi sono trovato a tradurre quel racconto, quel segnale di una corrispondenza di pensieri che circolava in quegli anni. Anni pressapoco vicini alla mia stessa esperienza di emigrazione verso l'America del Nord. La corrispondenza del racconto di Stiso con il racconto "Il lungo viaggio," di Sciascia. La corrispondenza di Stiso poeta con altri poeti del tempo, e in particolare il pugliese Bodini.

A questo riguardo è utile anche ricordare che, nei non tanto lontani anni '50, il regista/documentarista Vittorio De Seta ebbe la premura di dare riconoscimento ad un panorama di tradizioni, usanze, e popolazioni spinte sempre più ai margini di una società che aveva preso la strada della modernizzazione e iniziava a perdere di vista ciò che l'aveva formata. La serie di brevi film, riproposta nell'edizione restaurata dalla Cineteca di Bologna nel 2008 con il titolo *Il mondo perduto*, offre oggi una grande opportunità di ri-conoscere (o riguardare, come direbbe forse Franco Cassano) quel mondo che ancora portiamo in noi in modi forse oggi poco apparenti; una sorta di memoria genetica che vive nei nostri modi di fare, cucinare, muoversi, comunicare, e convivere. *Parabola d'oro*, *Contadini del mare*, *Pastori di Orgosolo*, e *Isola di fuoco* (premiato come miglior documentario al Festival di Cannes nel 1955), sono alcuni dei titoli del "mondo perduto".

Attorno a quegli stessi anni Ernesto De Martino, fondatore dell'antropologia culturale italiana, svolge una serie di studi e documentazioni parallele al lavoro di De Seta, sempre nel Meridione. De Martino volge lo sguardo verso le varie tradizioni popolari "religiose" del Sud per "riguardare" un mondo antico che la modernità interpreta come arcaico se non esplicitamente primitivo e che, con altri luoghi comuni, hanno diffuso, per citare Antonio Gramsci, quella ideologia in forma capillare dai propagandisti della borghesia nelle masse del Settentrione: [che ha definito] il Mezzogiorno [come] la palla di piombo che impedisce piú rapidi progressi allo sviluppo civile dell'Italia; [e ha fatto dei] meridionali [una popolazione] di esseri [biologicamente] inferiori, dei semibarbari o dei barbari completi, per destino naturale; se il Mezzogiorno è arretrato, la colpa non è del sistema capitalistico o di qualsivoglia altra causa storica, ma della natura che ha fatto i meridionali poltroni, incapaci, criminali, barbari, temperando questa sorte matrigna con la esplosione puramente individuale di grandi geni, che sono come le solitarie palme in un arido e sterile deserto". (Gramsci, 39)

Si dirà forse che si tratta ormai di una ideologia del passato, di un paese ormai distante, ma basta pensare alla politica di entità come la Lega come la più ovvia testimonianza del residuo di queste idee, se non l'uso quasi parola per parola di ciò che ho appena citato da parte di Giorgio Bocca nel suo *Gli italiani sono razzisti?* del 1988, e dal vecchio Umberto Bossi più volte in discorsi e interviste. Tutti conoscono il Sud, anche chi non c'è mai stato. Spesso però anche chi vi ci è nato e vissuto si pone la questione di cosa sia il Sud, di come poter vivere il Sud, come conoscerlo al di là delle svariate opinioni e soluzioni, proposte e programmazioni provenienti con frequenza da situazioni esterne.

Rileggendo alcune pagine di Roberto Saviano, dal libro *Gomorra*, emergono una serie di esempi delle distanze e dell'alienazione che sussistono al Sud tra lavoro e prodotto, come anche di altri aspetti di una cultura meridionale ormai dimenticata:

La notte degli Oscar, Angelina Jolie indossa un vestito fatto ad Arzano, da Pasquale. Il massimo e il minimo. Milioni di dollari e seicento euro al mese. Quando tutto ciò che è possibile è stato fatto, quando talento, bravura, maestria, impegno, vengono fusi in un'azione, in una prassi, quando tutto questo non serve a mutare nulla, allora viene voglia di stendersi a pancia sotto sul nulla, nel nulla. Sparire lentamente, farsi passare i minuti sopra, affondarci dentro come fossero sabbie mobili. Smettere di fare qualsiasi cosa. E tirare, tirare a respirare. Nient'altro. Tanto nulla può mutare condizione: nemmeno un vestito fatto ad Angelina Jolie e indossato la notte degli Oscar. Pasquale uscì di casa, non si curò neanche di chiudere la porta. Luisa sapeva dove andava, sapeva che sarebbe andato a Secondigliano e sapeva chi andava a incontrare. Poi si buttò sul divano e immerse la faccia nel cuscino come una bambina. Non so perché, ma quando Luisa si mise a piangere mi vennero in mente i versi di Vittorio Bodini. Una poesia che raccontava delle strategie che usavano i contadini del Sud per non partire soldati, per non riempire le trincee della Prima Guerra, alla difesa di confini di cui ignoravano l'esistenza. Faceva così:

> Al tempo dell'altra guerra contadini e contrabbandieri
> si mettevano foglie di Xanti-Yaca sotto le ascelle
> per cadere ammalati.
> Le febbri artificiali, la malaria presunta
> di cui tremavano e battevano i denti,
> erano il loro giudizio
> sui governi e la storia.

Il pianto di Luisa mi sembrò anch'esso un giudizio sul governo e sulla storia. Non uno sfogo. Non un dispiacere per una soddisfazione non celebrata. Mi è sembrato un capitolo emendato del *Capitale* di Marx, un paragrafo

della *Ricchezza delle Nazioni* di Adam Smith, un capo-
verso della *Teoria generale dell'occupazione* di John Maynard Keynes, una nota dell'*Etica protestante e lo spirito del
capitalismo* di Max Weber. Una pagina aggiunta o sot-
tratta. Dimenticata di scrivere o forse scritta continua-
mente ma non nello spazio della pagina. (Saviano, 41)

Con questa descrizione, tra rappresentazione realista,
osservazione sociologica, e trattato filosofico, Saviano
circoscrive gran parte delle frustrazioni, capacità e si-
lenzi che hanno definito e continuano a definire gran
parte della condizione del Meridione, e lo cito qui anche per il suo riferimento allo scrittore pugliese Vittorio Bodini (considerato minore, ma saranno forse proprio i minori a definire le innovazioni che il canone non
può o non vuole sostenere?) il quale, come tanti altri ai
margini della cultura egemone, ha dato voce alla varie-
gata realtà del Meridione italiano. E Bodini mi è venuto
in mente rileggendo la poesia di un altro grande "minore," Pasquale Stiso. Le composizioni, gli scritti, sia
dell'uno che dell'altro, orbitano attorno alla mancata
opportunità di tanti di conoscere le realtà da loro rap-
presentate. Dove Bodini apre il suo primo libro, *La luna
dei Borboni* (1952), con "Tu non conosci il Sud, / le case
di calce / da cui uscivamo al sole come numeri / dalla
faccia d'un dado," Stiso ricorda le donne del suo paese
con "Le donne dal mio paese / voi non le conoscete"
(2013, 24). Qui emerge un Sud che diviene tematica importante per altri in quel periodo del secondo dopoguerra, da Salvatore Quasimodo a Leonardo Sinisgalli
ad Alfonso Gatto, e a narratori come Carlo Levi, Francesco Jovine e Rocco Scotellaro. Il Meridione, una questione che richiedeva attenzione dopo la pausa del

ventennio fascista e l'interruzione dei vari interventi di Guido Dorso, Gaetano Salvemini, e della eventuale risposta, alle facili formule proposte dei giovani comunisti torinesi, che fu il saggio "La questione meridionale" di Antonio Gramsci.

Mentre questi hanno certamente avuto un impatto nel riproporre la questione del Sud nell'immediato secondo dopoguerra, il loro sguardo, anche se rivolto verso un orizzonte nazionale, rimane fisso sulla loro terra. Nonostante la contemplazione di una realtà ampia che consideri la totalità del Meridione, parlare del Sud di Bodini e Stiso significa parlare specificamente del complesso e contraddittorio rapporto dei due poeti con la propria terra. Per Bodini, un paese che il poeta considera "così sgradito da doverlo amare" (1962, pg. 35), mentre per Stiso l'Irpinia rappresenta una precisa realtà storica e geografica, "estranea / come una matrigna / [...] / i tuoi figli / non ti amano / e fuggono via da te / lontano / in cento altri paesi / in cerca del pane / che tu neghi. / [...] / E a volte / accade / che ai miei occhi ti trasformi / non sei più arida / brulla / maledetta / ma ricca di ciliegi / e di meli in fiore / e di vigne / e di turgido grano / e di canti / e di felicità" nel suo "Terra d'Alta Irpinia" (Stiso 2019, 37).

Per Stiso, la sua terra rappresenta un arco di emozioni, sofferenze, possibilità, e fallimenti, ma anche speranze. Mentre le donne del suo paese hanno volti duri e bocche amare, "c'è pure un giorno / in cui sorridono / [...] / quando tutto è mietuto il grano / e gli uomini / cantano / la sera" (Stiso, 2019, 37). Nella poesia "Terra d'Alta Irpinia," nonostante i mietitori non cantino, e i suoi figli non l'amino "e fuggono via [...] / lontano / in cento altri paesi / in cerca del pane / che tu neghi," il sogno del poeta per un futuro diverso domina il pensiero restante della poesia:

> E a volte
> accade
> che ai miei occhi ti trasformi
> non sei più arida
> brulla
> maledetta
> ma ricca di ciliegi
> e di meli in fiore
> e di vigne
> e di turgido grano
> e di canti
> e di felicità.
> Oh! mia terra
> mia terra
> d'Alta Irpinia
> dimmi che non m'inganna
> e che questo
> è il tua avvenire. (Stiso, 2019, 37)

Il sentimento per un futuro diverso, che possa portare a risolvere le varie questioni che turbano l'esistenza, è più che ovvio nei versi di "Ora possiamo morire." Qui emerge quasi una risoluzione, "Ora possiamo morire / perché abbiamo imparato a vivere", che riconosce nella fatica, e nel sudore che bagna la terra, la possibilità di indipendenza e autonomia:

> Ora invece abbiamo imparato a vivere
> la terra può essere la nostra
> perché è fertile per il nostro sudore
> e questa è la grande verità
> che ora conosciamo. (Stiso, 2019, 22)

Da dove proviene quest'aria liberatrice? Direi che forse è un'aria respirata altrove, che è accompagnata dalle possibilità che il mondo esterno propone, che un altro mondo è possibile e, per dirla con la scrittrice Arundathi Roy, "in una giornata tranquilla, se ascoltiamo con attenzione, possiamo sentirla respirare" (2003). Si, un mondo al femminile, come Stiso spesso identifica la sua terra. Non una matrigna, non una meretrice, non dal volto duro, ma come la sua terra d'Alta Irpinia che non inganna, e come il volto della Aleramo:

> E vivi per noi
> per darci il lievito
> della tua forza e del tuo fervore
> o grande mamma d'amore e di speranza,
> e per essere la prima
> il giorno in cui i lavoratori di tutto il mondo
> liberi e agitando al vento le bandiere
> canteranno il loro inno di vittoria. (in Speranza, 2019, 63)

In questo volto, nella persona della donna Aleramo, Stiso trova uno spazio alternativo per colmare il vuoto del Sud in contrasto alla piena del modernismo, dell'industrializzazione, dell'eccesso. D'altro canto, questo vuoto ha fatto anche sì che gran parte della storia meridionale fosse rimasta ai margini di una prospettiva centro-settentrionale, come se tutto quanto avveniva nel frattempo nel Mezzogiorno non riguardasse che una sorta di territorio coloniale.

* * *

Il grande Walter Benjamin, che aveva apprezzato particolarmente il Sud, riconoscendogli caratteristiche che, anche se non sempre accurate, almeno esprimevano una potenzialità positiva, osservò che "la storia è sempre adesso" (2020). Per questo, senza dimenticare o ignorare la storia di un Sud determinata e definita dagli interessi di un nazionalismo soltanto parzialmente efficace ed interessato, per noi oggi il Sud è da situarsi in un "adesso" che metta in campo non solo i suoi problemi e le recenti onde immigratorie ma anche le cause, gli effetti e la storia totale dell'emigrazione. Questa nuova messa a fuoco collocherebbe il Sud ben diversamente nell'immaginario nazionale. Non sorprenderà allora se, nel suo breve saggio *Tre modi di vedere il Sud*, Franco Cassano riporta tre possibili e comuni paradigmi attraverso i quali "vedere il Sud":

1) paradigma della dipendenza (sfruttamento);
2) paradigma della modernizzazione (ritardo);
3) paradigma dell'autonomia (Sud come risorsa critica).

(Cassano 2009, 56-57)

L'analisi di questi tre approcci conduce l'autore a concludere che l'Italia avrebbe dovuto capire che la partita dell'unità nazionale, la sua coerenza, è ormai da giocarsi soltanto su uno "scacchiere più ampio, quello mediterraneo": insomma, la questione meridionale come questione mediterranea.

Ma un'analisi più ampia della questione meridiana si trova nel suo poetico trattato, *Il pensiero meridiano*, dove egli osserva che

Il Sud ha un posto preciso nell'immaginario contemporaneo, una collocazione che oscilla tra il paradiso turistico e l'inferno mafioso, due attributi dell'arretratezza, che lo collocano in una periferia del pensiero. Ma il Sud ha qualcosa di molto più ricco e complesso da raccontare. Il pensiero meridiano è il progetto di ridare al sud l'antica dignità di soggetto del pensiero, di interrompere una lunga storia/tradizione nella quale il Sud è stato descritto, immaginato, parlato e pensato da altri. Del resto com'è possibile dimenticare che la filosofia ha un'antica confidenza con il Sud, che la ricerca/amore della sapienza è nata in Grecia, dove per la prima volta l'idea di una verità rivelata dall'alto è stata messa in crisi ed è stata costretta a doversi confrontare con la mobilità della discussione pubblica? (Cassano, 2014, 4)

Credo che Stiso si sarebbe trovato in pieno accordo con questi sentimenti, espressi in qualche modo nella sua poesia "L'antico volto":

Sono tornato
nella mia terra
d'alta Irpinia
e niente v'è cambiato.
La mia terra
ha ancora l'antico volto.
E' aprile
il sole
è pallido nel cielo
ed il grano novello
è sottile
nei campi
come i fili d'erba.
Anche la gente

della mia terra
conserva
l'antico volto
segnato d'amarezza.
È ancora senza speranza
la mia gente
d'alta Irpinia.

(Stiso, 2019, 44)

Si tratterebbe infatti di un nuovo modo di conoscere non soltanto il Sud ma anche le cause e le realtà della negazione della sua soggettività. Un nuovo sapere con radici lontane che, applicate oggi, potrebbero forse sottrarre il Sud dagli stereotipi della meravigliosa meta turistica delle "ricche plebi della civiltà industriale" che riempiono il vacuum della vacanza estiva in territori che soffrono "la vendita trasformistica delle classi dirigenti, la loro corruzione sistematica, una furbizia estorsiva più raffinata e trasformistica nei gradi più alti e più violenta ed evidente nelle classi più povere" (Cassano, 2005, 4). E qui mi viene da ripetere quei versi già citati sopra:

Ora invece abbiamo imparato a vivere
la terra può essere la nostra
perché è fertile per il nostro sudore
e questa è la grande verità
che ora conosciamo.

Per concludere, mi unirò con Stiso in un coro di chiarimenti: "Le donne del mio paese / voi non le conoscete," ma qui c'è una realtà che va ben oltre gli stereotipi che impongono la distanza. "Le donne del mio paese / voi non le conoscete" nei momenti in cui sorridono (Stiso,

2019, 24). "Le donne del mio paese / voi non le cono-scete," come non conoscete il Sud di Scotellaro e i suoi *Contadini del Sud*, libro-inchiesta che comprende sia le proposte gramsciane di un tempo, nonché quelle del pensiero meridiano di oggi; un Sud dove oggi, anche se le categorie e la terminologia saranno cambiate, non sono più i politici e i burocrati a parlare di quel mondo, ma la stessa gente comune che racconta la sua civiltà dandole legittimazione ed autonomia culturale.

BIBLIOGRAFIA

Benjamin, Walter and Asja Lacis. 2020. *Napoli porosa* a.c. di Elenio Cicchini. Napoli: Dante & Descartes.

Bocca, Giorgio. 1988. *Gli italiani sono razzisti?* Milano: Garzanti.

Bodini, Vittorio. 1962. *La luna dei Borboni e altre poesie 1945-1961*. Milano: Mondadori.

Cassano, Franco. 2009. *Tre modi di vedere il Sud*. Bologna: Il Mulino.

_____. 2005. *Il pensiero meridiano*. Bari: Laterza.

De Seta, Vittorio. 2009. *Il mondo perduto. I cortometraggi di Vittorio De Seta*. Libro e DVD. Milano: Feltrinelli Reel Cinema.

Gramsci, Antonio. 1966 (1926). "La questione meridionale," a cura di Franco De Felice e Valentino Parlato. Roma: Editori Riuniti.

Roy, Arundhati. 2003. *Confronting Empire*, presentazione a Porto Alegre, Brazil, Gennaio 27.

Saviano, Roberto. 2006. *Gomorra*. Milano: Mondadori.

Sciascia, Leonardo. 1996 (1974). "Il lungo viaggio" in *Il mare colore del vino*, Milano: Adelphi.

Scotellaro, Rocco. 1954. *Contadini del Sud*. Bari: Laterza.

Speranza, Paolo. 2019. *Il poeta ritrovato. Il Sud universale di Pasquale Stiso tra impegno politico e letteratura*, Atripalda, Italy: Mephite Press.

Stiso, Pasquale. 2019. *Ed il giorno è venuto: Tutte le poesie*. a cura di Paolo Speranza, Atripalda, Italy: Mephite Press.

Coda

"Terra d'Alta Irpinia"

I

Terra
terra d'Alta Irpinia
estranea
come una matrigna
battuta
da tutti i venti
oppressa
per lunghi mesi
dalla neve
Plaga del Formicoso
desolata
assetata
di corsi d'acqua
e di verde
ove il grano
cresce rachitico
roso dai geli
flagellato dalla tramontana
e il granoturco
di settembre
è ancora tenero come il latte

II

Terra
terra d'Alta Irpinia

non cantano d'estate
i mietitori
perché il grano
è leggero
sulle braccia
e il bifolco
è malinconico
dietro i buoi
nei maggesi.
Terra
arida terra
invano
bagnata di sudore
brulla
indifferente
come una meretrice
i tuoi figli
non ti amano
e fuggono via da te
in cento altri paesi
in cerca del pane
che tu neghi.

III

Intristiscono così i borghi
all'ombra
dei solitari campanili
levati come un dito
verso il cielo
il tuo cielo azzurro
mia terra d'Irpinia
dalle notti d'agosto

fulgenti di stelle
tiepide
dolcissime
quando canta
il chiu' nei boschi
e l'usignuolo
tra i sambuchi.
Allora l'anima
pare che si sciolga
e si confonda
nell'indistinto mormorio
delle cose che riposano

IV

Io ti amo
mia terra
mia povera terra
il mio cuore
è fatto del tuo cuore
e non v'è giorno
ch'io non pensi a te
ai luoghi delle mie prime gioie
ed anche dei miei primi dolori.
E a volte
accade
che ai miei occhi ti trasformi
non sei più arida
brulla
maledetta
ma ricca di ciliegi
e di meli in fiore
e di vigne

e di turgido grano
e di canti
e di felicità
Oh mia terra
mia terra
d'Alta Irpinia
dimmi che non m'inganno
e che questo
è il tuo avvenire

"A Sibilla Aleramo"

Oggi per la prima volta
su una pagina del nostro giornale
ho visto l'immagine del tuo volto
compagna Sibilla Aleramo
che non conoscevo.
Ricordo!
Quando lessi "RUSSIA ALTO PAESE"
l'inno della vita e dell'amore
il mio cuore,
rapito dalla gioia, dalla luce, dalla bellezza
che il tuo cuore aveva creato,
chi è, chi è
- si domandava -
questa donna meravigliosa
che prende tra le mani
l'animo degli uomini
e lo ingentilisce
e ai deboli e agli oppressi
dona il coraggio
di sollevare il petto e ergere la testa

verso il mondo nuovo di libertà?
Ed ecco ora ti guardo,
ed ecco ora so chi sei.
Sono tuoi l'onda mossa dei capelli bianchi
e la fronte alta e luminosa,
il naso diritto e volitivo
e la tua bella bocca semichiusa,
palpitante ancora
di parole di poesia, di fraternità, di tenerezza.
Ed è tuo tutto il volto
gentile e fiero
di combattente
ove l'occhio, brillante ancora di giovinezza,
mira l'avvenire.
Ebbene vivi cent'anni
compagna nostra,
che nel cuore immenso
porti le pene e le aspirazioni
di tutta intera l'umanità.
E vivi per noi
per darci il lievito
della tua forza e del tuo fervore
o grande mamma d'amore e di speranza,
e per essere la prima
il giorno in cui i lavoratori di tutto il mondo
liberi e agitando al vento le bandiere
canteranno il loro inno di vittoria.

"La mia terra"

La mia terra
muore
oggi definitivamente
l'ho compreso.
I contadini
lungo le rotabili
non ci hanno salutato
con la mano tesa
nei loro occhi
non c'era l'ombra
di un sorriso
solo una mestizia
grande
pesava sui loro volti.
La mia terra
la mia terra
muore
ma nessuno sente
questo grido
nessuno ha pietà
per la mia terra.

ABOUT THE CONTRIBUTORS

LAURA E. RUBERTO is a Humanities professor at Berkeley City College. She has published on **Italian and Italian American film, material culture, and cultural theories of migration**. Her research has been supported by a Mellon-ACLS Fellowship and a Fulbright award to Italy, the latter where she completed a study on transnational migration in the area of Campania where Pasquale Stiso lived.

PAOLA SENSI-Isolani is Professor Emerita of Anthropology at Saint Mary's College of California. Her research focuses on various cultural aspects related to Italian ethnic identity, broadly understood. Her published works include studies of Italian immigration to California, Italian immigrant labor and radical histories, and food and material culture.

PASQUALE Stiso (1923-1968), educated as a lawyer, worked mostly as a civil servant. He was the mayor of Andretta (province Avellino) as well as an elected regional representative. An active member of the Italian Communist Party, Stiso's poetry, prose, and editorial pieces, were first published in leftist media outlets, and more recently re-introduced to a reading public by the writer and editor Paolo Speranza.

PASQUALE VERDICCHIO (1954), Napoli, has published widely on Italian culture and literature. As a translator, he has published works by Antonio Gramsci, Vivian Lamarque, Alda Merini, and Pier Paolo Pasolini among others. He is Emeritus Professor from the University of California, San Diego, where he taught Literature, Film, and Environmental Literature from 1986-2021. His most recent publication is the poetry collection *Only You* (Victoria: Ekstasis Editions, 2021).

ROBERT VISCUSI
—1941-2020—

Robert Viscusi was fundamental to the development of Bordighera Press; to its journal *VIA: Voices in Italian Americana*, and to the book series *VIA* FOLIOS.

One of his many ground-breaking articles, "Breaking the Silence: Strategic Imperatives for Italian American Culture," opened the *VIA*'s inaugural issue. In like fashion, his keenly satiric, genial long poem, "An Oration upon the Most Recent Death of Christopher Columbus," was the stimulus for the founding our first book series, *VIA* FOLIOS.

In later years we also published his epic poem, *Ellis Island*, a collection of sonnets whose "Star Review" from *Publishers Weekly*, that closed as follows: "[T]he sonnets are far from uniform, at times manifesting as short stories, at other times as short bursts of philosophical inquiry or bursts of pure song. This is a new delicacy for aficionados of creative poetry and an anthem of sorts for those who—however far removed from immigration—occasionally feel displaced from home."

Robert Viscusi Essays Series

Named in honor of the work of Robert Viscusi, this referred series is dedicated to the long essay. It intends to publish studies that are longer than the traditional journal-length essay and yet shorter than the traditional book-length manuscript. All books are peer-reviewed.

Linda L. Carroll. *Thomas Jefferson's Italian and Italian-Related Books in the History of Universal Personal Rights. An Overview.* Volume 1.

Luisa Del Giudice, ed. *Triangulations within the Italy-Canada-United States.* Volume 2.

Alfred R. Crudale. *The Voices of Italy: Italian Language Newspapers and Radio Programs in Rhode Island.* Volume 3.

www.ingramcontent.com/pod-product-compliance
Lightning Source LLC
Chambersburg PA
CBHW021931170626
46807CB00007B/3060